中國古典文學基本叢書

南唐二主詞箋注

〔南唐〕李璟　李煜　著
王仲聞　校訂
陳書良　劉娟　箋注

中華書局

圖書在版編目(CIP)數據

南唐二主詞箋注:典藏本/(南唐)李璟,李煜著;王仲聞校訂;陳書良,劉娟箋注. —北京:中華書局,2015.11(2024.9 重印)
(中國古典文學基本叢書)
ISBN 978-7-101-11223-8

Ⅰ.南… Ⅱ.①李…②李…③王…④陳…⑤劉… Ⅲ.詞(文學)-作品集-中國-南唐 Ⅳ.I222.843.2

中國版本圖書館 CIP 數據核字(2015)第 211858 號

責任編輯:郭睿康
責任印製:管 斌

中國古典文學基本叢書
南唐二主詞箋注(典藏本)
〔南唐〕李 璟 李 煜 著
王仲聞 校訂
陳書良 劉 娟 箋注
*
中 華 書 局 出 版 發 行
(北京市豐臺區太平橋西里 38 號 100073)
http://www.zhbc.com.cn
E-mail:zhbc@zhbc.com.cn
三河市宏達印刷有限公司印刷
*
850×1168 毫米 1/32 · 7¾印張 · 2 插頁 · 180 千字
2015 年 11 月第 1 版 2024 年 9 月第 6 次印刷
印數:10701-11700 册 定價:68.00 元

ISBN 978-7-101-11223-8

目録

附録一　存疑詞

前言

一

五代時期，中國文學史上出現了與西蜀花間詞派并峙的後世所艷稱的南唐詞派。

南唐是建立在富庶的長江中下游地帶的小朝廷。由於地理條件優越，環境比較安定，這個小政權吸收了不少從北方流亡過來的勞力，使這裏經濟迅速地發展起來，出現了少有的繁榮氣象。北宋初陳世修《陽春集序》云：「金陵盛時，内外無事，朋僚親舊，或當燕集，多運藻思爲樂府新詞，俾歌者倚絲竹而歌之，所以娱賓而遣興也。」南唐詞就是適應統治者酣歌醉舞的享樂生活的需要而發展起來的，和花間詞一樣，這是世風使然。不過，由於江南繁榮過於西蜀，文化基礎也較厚實，故南唐詞人除了追求花月歌酒的感官刺激外，還追求更高雅的精神生活，涉足於其他一些學術、藝術領域。因此，南唐詞與西蜀詞比較，所表現的審美情趣和藝術造詣都存在着區别。大致説來，南唐詞脱離了「花間」，有了詞人的個性。王國維《人間詞話》所謂「變伶工之詞爲士大夫之詞」，「皆在《花間》範圍之外」。

南唐詞人的主要代表是馮延巳和李璟、李煜。由於李氏父子以帝王身份而雅擅詞章，所以他們是南唐詞派的領袖人物，其中尤以李煜成就最高。

二

李璟（九一六—九六一）字伯玉，是南唐第二代國君，他天性懦弱，後又荒於政事，致使國事日非，不得不向後周奉表稱臣，歲貢方物。然而，疏於治國的他卻有較高的文藝修養，詞也寫得很好，在他周圍曾聚集了韓熙載、徐鉉、馮延巳等文藝之士。可惜他傳世的詞作僅存四首，《浣溪沙》是其中最出色的一首：

> 菡萏香銷翠葉殘，西風愁起緑波間。還與容光共憔悴，不堪看。　細雨夢回雞塞遠，小樓吹徹玉笙寒。多少淚珠何限恨，倚闌干。

寫悲秋念遠之情，構思新穎，情景和諧，語言清新流暢。他爲自己的小王國和可悲處境憂愁難已，因此其詞作雖仍寫男女情事，卻融進了感時傷亂的慨歎，滲透了國事風雨飄搖的危苦心情。王國維《人間詞話》認爲起首兩句大有《離騷》中「衆芳蕪穢，美人遲暮之感」。這種脱去浮艷氣息的詞，顯然成爲李煜後期詞的前驅。

李璟的兒子李煜（九三七—九七八）即李後主，字重光，是五代最有成就的詞人，也是整個詞史上一流的大家。他生有奇表，風神灑落，洞曉音律，工書善畫，尤善於作詞。李煜性格也像父親，懦弱仁厚，原來就没有治國整軍的才能，而南唐的軍事力量也根本不能與宋抗衡，所以他二十五歲當了國君以後，畏宋如虎，只能年年向宋朝稱臣納貢，苟安於一隅之地。開寶八年（九七五）冬，宋將曹彬攻破金陵，李煜肉袒出降。第二年被押到汴京，開始了半是俘虜、半是寓公的生活，過了兩年多，在他四十二歲生日時，被宋太宗用毒藥殺死。

李煜的詞作以亡國爲界限，呈現出兩種不同的面貌。

李煜的前半生，儘管當的是宋朝附屬國的兒皇帝，但畢竟是富庶江南的一國之主，生活相當奢華。他的詞作的題材範圍，也没有突破花間詞人、馮延巳及其父李璟的藩籬，或寫雍容華貴的宫廷生活及醉生夢死的歌舞宴飲，如《玉樓春》（晚妝初了明肌雪）、《浣溪沙》（紅日已高三丈透）；或是沿襲傳統題材寫男女的柔情蜜意，如《一斛珠》（曉妝初過）、《菩薩蠻》（花明月暗籠輕霧）；或是描繪離愁别恨，如《采桑子》（亭前春逐紅英盡）、《清平樂》（别來春半）等等。李煜十八歲時娶周宗的女兒娥皇爲妻，他實心實意地愛着她。十年後周后死去，李煜「哀苦骨立，杖而後起」，并親撰誄辭，自稱「鰥夫」。當然他也有與娥皇之妹（小周后）偷情之事，但他對大、小周后都情真意篤，不像那些荒淫的貴族、皇帝，以女性爲玩物。他作的詞就真實地描繪了他温馨的情愛生活。但是，當他成了亡國之君，囚居汴京以後，「日夕只以眼淚洗面」（王銍《默記》），國亡家破的深悲巨痛和撫今追昔的無窮悔恨是其後期詞的主要内容，如《望江梅》（閒夢遠）、《望江南》（多少恨）、《子夜歌》（人生愁恨何能免）以及膾炙人口的《虞美人》（春花秋月何時了）、《浪淘沙》（簾外雨潺潺）等，其詞風亦由前期的風情旖旎、婉轉纏綿一變而爲厚重純樸、沉鬱悽愴，代表了李煜詞作的最高成就。

總之，二主詞都描寫了他們真實的情感生活，尤其李煜，從一個江南富國的風流帝王淪落爲一個「以淚洗面」的階下囚，這種非常人所能體驗的巨痛卻使他的創作上升到一個新的高度。在他之前，詞基本上只描寫婦女生活，至李煜則突破桎梏，直接在詞中抒發家國之痛。《人間詞話》云：「詞至李後主而眼界始大，感慨遂深，遂變伶工之詞而爲士大夫之詞。」李煜上承韋莊，將歌筵上倚聲而作的艷曲發展成爲具有作家個性的言志之作，擴展了詞言志抒情的領域，對以後宋代蘇、辛等人以詩爲詞、以文爲詞起了某種先驅作用，并影響到宋詞各種藝術流派。

此外，雖然二主詞表達的是個人的真情實感，卻由於其高妙的藝術手法，使這種喜怒哀樂遠遠超出了二主自身經歷的範圍，而具有普遍意義，它成爲了那些在人生道路上有過深切哀痛的人的共同體驗和情感。其境界之闊大，寄慨之深沉，往往由一己遭遇而擴展至整個人生無常的悲劇性。我們認爲，這也是討論二主詞的思想價值時應該注意的。

三

南唐二主（特别是李煜）之所以成爲五代詞壇上最傑出的作家，還在於其創作上獨辟蹊徑的藝術成就。

第一是直抒胸臆，真率自然。無論是宫中的縱情享樂，還是李煜後期的亡國經歷，都能毫無造作、天然本色地呈現在其筆下。如李煜被俘北上後追憶國破時所寫的《破陣子》：

四十年來家國，三千里地山河。鳳閣龍樓連霄漢，玉樹瓊枝作煙蘿，幾曾識干戈？　一旦歸爲臣虜，沈腰潘鬢銷磨。最是倉皇辭廟日，教坊猶奏别離歌，垂淚對宫娥。

如實記録破國時作爲一國之君感到最不堪的場面：别廟聽歌，宫娥相對垂淚，以此抒發他的家國之痛。這樣將自己的親身感受毫無掩飾地寫入詞中而不借助於别的手段，自然給人以鮮活親切之感。

第二是藝術概括力强。與馮延巳詞往往惝恍迷離的境界不同，二主詞善於把抽象的情思融化到景物之中，創造出情景交融的藝術境界，這種境界可以觸摸、可以感受，具體而形象。其尤爲擅長之處，則是善於把某些具體的感情進一步作更深入的概括，使之上升爲帶有一定普遍性的人生體驗，因而能使不同時代和階層的人在讀其詞時往往忽略其情之具體誘因，而受到觸發和感應。如「菡萏香銷翠葉殘，西風愁起緑波間」、「離恨恰如春草，更行更遠還生」、「剪不斷，理還亂，是離愁。别是一般滋味在心頭」、「自是人生長恨水長東」、「流水落花歸去也，天上人間」、「問君都有幾多愁：恰似一江春水向東流」等等，這些原本表現亡國之君的哀愁，因藉以典型景物和富有詩意的比喻抒寫出來，故極易引起後世人們的共鳴，這就是二主詞之所以能夠撥動不同層次的讀者的心弦，常讀常新，喚起讀者與之不同的具體誘因，從而具有不衰的藝術生命力的重要原因。

第三是語言明白如話而又精煉雋永。南唐二主特别是李煜率性任真的個性，使他們的詞顯示了天然本色的語言藝術風格。二主詞一洗花間詞的濃艷華麗，不用典，不藻飾，甚至以俚俗的口語入詞，輕淺通俗而又精煉傳神，摹景寫物的白描手段如行雲流水，舒展自然。如「春花秋月何時了，往事知多少」、「别時容易見時難」、「秋風多，雨相和。簾外芭蕉三兩窠，夜長人奈何」等等，脱口而出，單純明淨，但詞中所包含的内容又是萬千言語難以説清的。周濟《介存齋論詞雜著》云：「毛嬙、西施，天下美婦人也。嚴妝佳，淡妝亦佳，粗服亂頭，不掩國色。飛卿，嚴妝也；端己，淡妝也；後主，則粗服亂頭矣。」這裏説的正是二主詞風韻天成的語言藝術特色。

南唐二主特别是李煜在藝術上所取得的成就，使其不僅成爲唐五代詞壇上最傑出的詞人，也在我國詞史上占據重要地位。

四

據宋尤袤《遂初堂書目》，宋時已有《李後主詞》一書，今已不可得見。李璟、李煜詞合刊本，見於著録者最早是南宋末年陳振孫的《直齋書録解題》所載《南唐二主詞》，共一卷。

陳振孫曰：「卷首四闋：《應天長》、《望遠行》各一，《浣溪沙》二，中主所作。……餘詞皆重光作。」可知現今各本所載中主四首是可靠的。二主詞流傳下來最早的刻本是明萬曆庚申（一六二〇）春吕遠刻的墨華齋本。以後，陸續有康熙時侯文燦《十名家詞集》本，光緒時金武祥《粟香室叢書》覆刻侯本、劉繼增《南唐二主詞箋》排印本，宣統時沈宗畸《晨風閣叢書》刻王國維校補南詞本以及蕭江聲鈔本等行世。這些版本收詞真僞雜陳，文字異同甚夥。一九五七年六月人民文學出版社出版王仲聞《南唐二主詞校訂》，後中華書局二〇〇七年五月又重訂再版。據王先生在凡例中云：「兹據所見各本《南唐二主詞》互校（大致以明萬曆庚申吕遠墨華齋本爲主，間亦改從他本），并校以各種選本、筆記、詩話、詞話以及互見各詞之總集、別集。」王氏治學嚴謹，搜羅宏富，其校訂二主詞至今無出其右者，因此本書基本照王氏訂正，將認爲可靠的二主詞列爲正編，將實爲或疑爲他人所作者列爲附録一。唯《漁父》二首乃後主題衛賢《春江釣叟圖》，北宋劉道醇親見墨蹟，必非僞作。又《烏夜啼》（無言獨上西樓）一首，《花草粹編》引楊湜《古今詞話》謂是蜀主孟昶作，王氏從；而各本多收爲後主作。按宋黄昇《花庵詞選》已認定爲後主所作，近人唐圭璋、繆鉞、劉永濟諸家亦將之歸於後主，王氏之訂實智者千慮，故我們將《漁父》二首與《烏夜啼》（無言獨上西樓）調至正編。此外，《更漏子》（金雀釵）與《蝶戀花》（遥夜亭皋閑信步），王仲聞先生已有力地證明非李煜所作，我們就將二詞調至附録。這樣，總計得李璟詞四首，李煜詞三十四首。王氏校勘精審，本書照録。唯考慮到一般讀者的閱讀習慣，將王氏的句中標號改爲句尾標號。附録一爲存疑二主詞。附録二爲二主生平資料，係我們從史籍、筆記中爬梳輯得。附録三爲各本序跋，亦收録王氏所輯并注釋案語等，飲水思源，敬意永駐。其餘箋注、輯評、評析諸項，是我們參照前修研究，融會個人心得編撰而成。其中尤其是注釋方面，同乎所同，一般不標舉，希望讀者諸君鑒諒。

最後，由於整理者學識陋劣，衷心地歡迎廣大讀者批評指正。

陳書良　劉　娟

二〇一一年十一月

南唐二主詞箋注

南唐中主李璟

應天長①

後主書云「先皇御製歌詞」〔一〕，墨跡在晁公留家。〔二〕

一鉤初月臨妝鏡〔三〕②，蟬鬢鳳釵慵不整〔四〕③。重簾靜〔五〕④，層樓迥〔六〕⑤，惆悵落花風不定⑥。

柳堤芳草徑〔七〕，夢斷轆轤金井〔八〕⑦。昨夜更闌酒醒⑧，春愁過卻病〔九〕⑨。

【校勘記】

〔一〕蕭江聲鈔本《南唐二主詞》（以下簡稱蕭本）、《晨風閣叢書》本（以下簡稱晨本）缺「書」字。

〔二〕清侯文燦刻《十名家詞》本《南唐二主詞》（以下簡稱侯本）此注在詞後。明吕遠墨華齋本《南唐二主詞》（以下簡稱吕本）、侯本奪「御製歌詞」四字。明吴訥編《唐宋名賢百家詞》本《南唐二主詞》（以下簡稱吴本）此四字抄在《南唐二主詞》書名之下。又，案後主墨跡題「先皇御製歌詞」者，據宋陳振孫《直齋書録解題》卷二十一，應包括此首及以下三首。《南唐二主詞》原注不詳。又，《續選草堂詩餘》、《古今詞統》題作「曉起」。

〔三〕「鉤」，《歐陽文忠公近體樂府》、《詞律》作「彎」。《醉翁琴趣外篇》作「灣」。「初」，侯本、《陽春集》作「新」。「妝」，《陽春集》、《歐陽文忠公近體樂府》、《醉翁琴趣外篇》、《詞律》、《詞譜》作「鸞」。

〔四〕「蟬」，同上作「雲」。

〔五〕「重」，同上作「珠」。「靜」，《歐陽文忠公近體樂府》、《醉翁琴趣外篇》作「淨」。

〔六〕「層」，《陽春集》、《歐陽文忠公近體樂府》、《醉翁琴趣外篇》、《詞律》、《詞譜》作「重」。「樓」，蕭本《陽春集》作「簾」。「迥」，侯本誤作「適」。

〔七〕「柳堤芳草」，《陽春集》、《歐陽文忠公近體樂府》、《醉翁琴趣外篇》、《詞綜》、《詞律》、《詞譜》作「緑煙低柳」。「緑煙」，吴訥《唐宋名賢百家詞》本《六一詞》作「緑陰」。「徑」，吴本誤作「遥」。

〔八〕「夢斷」，《陽春集》、《歐陽文忠公近體樂府》、《醉翁琴趣外篇》、《詞綜》、《詞律》、《詞譜》作「何處」。

〔九〕「過」，《陽春集》、《歐陽文忠公近體樂府》、《醉翁琴趣外篇》、《詞律》、《詞譜》作「勝」。

【箋注】

① 據王仲聞按語：此首《續選草堂詩餘》、《古今詩餘醉》、《古今詞統》、《歷代詩餘》、《全唐詩》均作李煜詞；《陽春集》、《詞綜》、《詞譜》均作馮延巳詞；《六一詞》、《醉翁琴趣外篇》作歐陽修詞。宋陳振孫《直齋書録解題》卷二十一云「《南唐二主詞》一卷，中主李璟、後主李煜撰。卷首四闋，《應天長》、《望遠行》各一，《浣溪沙》二，中主所作。重光嘗書之，墨跡在盱江晁氏，題云『先皇御製歌詞』。余嘗見之，於麥光紙上作撥鐙書，有晁景迂題字。今不知何在矣。餘詞皆重光作。」又管效先《南唐二主全集》云：「此詞果爲馮作，後主斷不至取之而題爲先皇御製。意者延巳嘗手録此詞，他日論集延巳詞者，遂誤以爲其所自作耳。」據此，卷首四詞當係李璟作。

② 一鉤初月：指形似彎弓的新月。一般指曉天殘月，亦可謂黄昏初上之月。《樂府詩集·清商曲辭一·子夜四時歌·春歌五》：「碧樓冥初月，羅綺垂新風。」一説指愁眉。

③ 蟬鬢：梳成蟬翼狀的鬢髮，古代女子的一種髮式。晉崔豹《古今注·雜注》：「魏文帝宮人絶所寵者，有莫瓊樹、薛夜來、田尚衣、段巧笑，日夕在側，瓊樹乃製蟬鬢。縹眇如蟬翼，故曰蟬鬢。」南朝梁元帝《登顔園故閣》詩：「妝成理蟬鬢，笑罷斂蛾眉。」鳳釵：鳳形的釵，是古代婦女用以簪髮

的一種首飾。唐李洞《贈入内供奉僧》詩：「因逢夏日西明講，不覺宫人拔鳳釵。」五代馬縞《中華古今注·釵子》：「始皇又金銀作鳳頭，以玳瑁爲腳，號曰鳳釵。」慵：懶。慵不整，謂無心梳洗整理儀容。

④重簾：層簾，指複層的簾子。唐温庭筠《菩薩蠻》詞：「夜來皓月纔當午，重簾悄悄無人語。」

⑤層樓：高樓。漢繁欽《建章鳳闕賦》：「象玄圃之層樓，肖華蓋之麗天。」迥：寥遠。

⑥惆悵落花風不定：無定向的風吹著落花，使人惆悵。喻女子離開男人後無依無靠的生活。

⑦轆轤：一種架設在井上用以取水的裝置。南朝宋劉義慶《世説新語·排調》：「顧曰：『井上轆轤卧嬰兒。』」《廣韻》：「轆轤，圓轉木，用以汲水。」金井：井欄上帶有精美雕飾的水井。南朝梁費昶《行路難》詩之一：「唯聞啞啞城上烏，玉欄金井牽轆轤。」一説指石井。金，謂其堅固。唐李賀《河南府試十二月樂詞·九月》：「雞人罷唱曉瓏璁，鴉啼金井下疎桐。」葉蔥奇注：「金井，即石井。古人凡説堅固，多用金，如金塘、金堤等。」

⑧更闌：更深。唐方干《元日》詩：「晨雞兩遍報更闌，刁斗無聲曉露乾。」

⑨過卻：超過，勝卻。「春愁」一句是將春愁與病相比較，春愁比病更讓人難受。

【輯　評】

明沈際飛：流便。（引自唐圭璋《南唐二主詞彙箋》）

清陳廷焯《雲韶集》卷一：「風不定」三字中，有多少愁怨，不禁觸目傷心也。結筆凄婉，元人小曲有此凄涼，無此温婉。古人所以爲高。

俞陛雲《五代詞選釋》：通首由黄昏至曉起回憶，次第寫來，柔情宛轉，與周清真（邦彦）之《蝶戀花》詞由破曉而睡起，而送别，亦次第寫來，同一格局。其結局點睛處，周詞云「露寒人遠雞相應」，從行者著想。此言春愁兼病，從居者著想，詞句異而寫怨同也。

詹安泰《李璟李煜詞》：這詞是描寫一個女人傷春傷别的心情。開首寫她心情很不愉快，懶得對鏡梳妝；接着寫她所處的環境：樓高人静，風吹花落，越發引動青春易逝之感。這都是從現場生活作精細的刻劃。以下更加强了描寫的廣度和深度：説在那柳蔭下芳草中共同游樂的人，現在夢想也不可到，這就把境界擴大了；説昨夜曾燈前對酒，意圖消除愁悶，可是夜深酒醒，春愁更增，比病還要難受，這就把情味加深了。通過這樣的各個方面的描寫，這傷春傷别的女人的生活現象和内心活動便很突出地呈現在讀者的眼前。這是很簡練、深刻的寫法。這詞結構的完整性也是值得注意的：開首説早起，結尾説昨夜，首尾很密切地貫通着，正由於昨夜的酒醒愁多，今早才無心梳洗（這種寫法，傳統上叫「逆寫」，因先説現在，再説過去，在次序上是逆溯）；上段結尾寫風花不定，下段接着説柳堤芳草，也聯繫得很緊。既然感到風飄花落的難堪，進一步就自然會依戀着過去的趁時游樂的生活了。這樣的寫法，雖然不是一個什麽公式，但「首尾相救，過片不斷」，就詞的結構的完整性來説，還是值得注意的。

【評　析】

這首詞的主人公是一個女子，時間上用的是倒叙手法。詞的上片立足於「看」，讓讀者隨着人物的視綫所及去體察心情。開首説早起，梳妝之慵懶，見出心情之惆悵。四、五句視綫拓轉至户外，「風不定」三字既是狀景，又是抒情，寫出了風飄花落的難堪。陳廷焯説：「『風不定』三字中，有多少愁怨，不禁觸目傷心也。」「觸目傷心」四字是極有見地的，也即是王國維所謂的「有我之境」。下片着筆於「想」，讓讀者隨同人物的心情起伏而潛入深沉思考。過片一句繼續拓轉，外面已經是柳堤芳草，春天來臨，過去歡樂的日子已然逝去，青春杳杳，重會無期，夜深酒醒，一懷愁緒比生了一場病還要難受。後三句追溯到昨夜，既道出了今晨懶於梳洗的原因，也完整地勾勒了女子傷春傷別的内心活動過程。

宋張先《天仙子》結末三句云：「重重簾幕密遮燈，風不定，人初静，明日落紅應滿徑。」脱胎於李詞，而遜於李詞。張詞惜春傷春，發於臆想「明日落紅應滿徑」而已；而李詞則以詞境寫自己的形象，把落花的命運和自己的命運融合爲一，淒絶而有韻致。

望遠行

碧砌花光錦繡明〔一〕①，朱扉長日鎮長扃〔二〕②。餘寒不去夢難成〔三〕，爐香煙冷自亭亭〔四〕③。

遼陽月〔五〕④，秣陵砧⑤，不傳消息但傳情。黃金窗下忽然驚〔六〕⑥：征人歸日二毛生⑦。

【校勘記】

〔一〕「碧」，蕭本、晨本作「玉」。劉繼增《南唐二主詞箋》云「舊鈔本作『玉』」。吳本《二主詞》空格。《花草粹編》作「繞」。「錦繡」，《唐宋諸賢絶妙詞選》、《花間集補》、《古今詞統》、《詞律》、《歷代詩餘》、《全唐詩》、《詞譜》作「照眼」。

〔二〕「朱」，吳本作「珠」。「長日鎮」，《花草粹編》作「鎮日長」。

〔三〕「餘」，吳本空格。蕭本、晨本、《花草粹編》作「夜」。劉繼增《南唐二主詞箋》云「舊鈔本作『夜』」。「寒」，《詞律》作「香」。「不」，《唐宋諸賢絶妙詞選》、《花間集補》、《古今詞統》、《詞律》、《歷代詩餘》、《全唐詩》、《詞譜》作「欲」。呂本《二主詞》校記云「『不去』《花間集》作『欲去』」。案《花間集》不載李璟詞，且李璟時代稍後，所作不可能收入《花間集》。譚爾進校記所云《花間集》，恐即明温博之《花間集補》。「夢」，晨本《二主詞》作「寢」。

〔四〕第二「亭」字，吳本空格。

〔五〕「遼陽」，吳本空一格。晨本、《花草粹編》作「殘」。劉繼增《南唐二主詞箋》云「舊鈔本作『殘』」。

〔六〕「窗」，《唐宋諸賢絶妙詞選》、《花間集補》、《古今詞統》、《詞律》、《歷代詩餘》、《全唐詩》、《詞譜》作「臺」。

【箋注】

①碧砌：青石臺階。花光：花朵的色彩。南朝陳後主《梅花落》詩之一：「映日花光動，迎風香氣來。」錦繡明：像錦繡一樣明麗多彩。宋司馬光《看花四絶句》詩：「誰道群花如錦繡，人將錦繡學群花。」

②朱扉：紅漆門扇。南朝陳徐伯陽《日出東南隅行》：「朱城璧日啟朱扉，青樓含照本暉暉。」鎮長扃：（因爲没有人來，）總是關閉着。鎮長，經常；常。唐韓愈《杏花》詩：「浮花浪蘂鎮長有，纔開還落瘴霧中。」扃，原意是關閉門户的横木，此處指關閉。

③亭亭：指香煙裊裊升起的樣子。《文選》劉琨《答盧諶》：「亭亭孤幹，獨生無伴。」李周翰注：「亭亭，孤直貌。」「爐香煙冷」一句是説爐中的香已經冷卻了，煙霧卻仿佛仍然裊裊升起。這是一種想象。

④遼陽：今遼寧省遼陽一帶。這裏泛指行人行役的地方。温庭筠《訴衷情》詞：「遼陽音訊稀，夢中歸。」

⑤秣陵：今南京。指思婦住地。砧：擣衣石。李白《贈崔侍郎》詩：「誰憐明月夜，腸斷聽秋砧。」

⑥黄金：新柳。因新柳色金黄，故云。一本作「黄金臺」，則指征人離家，求用於世。按燕昭王於易

水東南築黃金臺，招賢納士。唐李賀《雁門太守行》：「報君黃金臺上意，提攜玉龍爲君死。」

⑦二毛：花白的頭髮，白髮和黑髮相間。常用以指人衰老。《左傳·僖公二十二年》：「君子不重傷，不禽二毛。」杜預注：「二毛，頭白有二色。」晉葛洪《抱朴子·遐覽》：「二毛告暮，素志衰頹。」

【輯評】

明卓人月《古今詞統》卷七引徐士俊云：髀里肉，鬢邊毛，千秋同慨。

俞陛雲《五代詞選釋》云：上闋寫所處一面之情景。唯寒夢難成，醒眼無聊，但見爐煙之亭亭自裊，善寫孤寂之境。其下遼陽、秣陵，始兩面兼寫，「傳情」二字，見聞砧對月，兩地同懷。結句言忽見北客南來，雪窖遠歸，鬢絲都白，則行役之勞，與懷思之久，從可知矣。

詹安泰《李璟李煜詞》：這是一首抒寫懷念遠人的小詞。日間花光明媚，正堪游樂，而這人關門不出，既然可以看出這人的心已蒙上了重重的暗影，無法開朗了；加以夜間睡不着，老是在等待着什麽似的，更可以看出這人的心已煎熬到極其焦迫的境地；何況又傳來月下的砧聲，聲聲搗碎離人心，而消息依然是沉沉！過着這樣度日如年的生活的人，發出「回得家時頭髮該是斑白了」的驚嘆，就成爲合情合理的事了。篇中可能是表現一種意圖不易實現，到實現時又怕過了時限不能發生作用的一種矛盾曲折的心情。由於作者運用了映襯、聯想、渲染種種的藝術手法（開首是映襯，「爐香」

句是聯想，「殘月」兩句是渲染），通過具體生動的形象表現出來，就使得作品充滿了生活的氣息。使人感到的是反映生活的真實而不是抽象的概括。

【評　析】

這是一首懷遠之詞。思婦憑樓，征人念遠，原是千秋同慨的悲劇題材。從《詩經·豳風·東山》到江淹《別賦》，都取借此題，抒情寄意。此詞也可能是作者借思婦懷遠的舊題材抒寫自己孤寂、矛盾的心情。上片極寫孤寂，「碧砌」句是反襯，「爐香」句是聯想，閉門不出，「長日鎮長扃」，當然是內心非常焦苦，度日如年了。

過片以「遼陽月，秣陵砧」領起，點出兩地之思。俞陛雲《五代詞選釋》云：「結句言忽見北客南來，雪窖遠歸，鬢絲都白，則行役之勞，與懷思之久，從可知矣。」我以爲是錯誤的。此詞結尾二句從王昌齡《閨怨》「忽見陌頭楊柳色，悔教夫婿覓封侯」意境翻出，是揣想之詞，意謂觸目窗外的柳色新新，驚覺時光遷移，由此想到征人歸日，應該是鬢絲花白了。以自己的感受去猜測對方的情況，不仅是情真意切，更有一种祈望在其中，讀來令人感動。

浣溪沙〔一〕

手捲真珠上玉鉤〔二〕①，依前春恨鎖重樓〔三〕②。風裏落花誰是主〔四〕③？思悠悠。青鳥不傳雲外信④，丁香空結雨中愁〔五〕⑤。回首緑波三楚暮〔六〕⑥，接天流。

【校勘記】

〔一〕吴本作「浣沙溪」。《尊前集》、《唐宋諸賢絶妙詞選》、《詞綜》、《歷代詩餘》卷一百十三作「山花子」。《詞苑叢談》卷三、《全唐詩》作「攤破浣溪沙」。《歷代詩餘》作「南唐浣溪沙」。又，蕭本、晨本調名下注「二首」。《草堂詩餘》、《嘯餘譜》、《古今詩餘醉》、《古今詞統》題作「春恨」。

〔二〕「真珠」，吴本《尊前集》、《南唐書》、《苕溪漁隱叢話》、《唐宋諸賢絶妙詞選》、《花間集補》、《詞苑叢談》作「珠簾」。

〔三〕「鎖」，《全唐詩》作「瑣」。「重樓」，吴訥《唐宋名賢百家詞》本、朱祖謀《彊村叢書》本《尊前集》作「眉頭」，汲古閣《詞苑英華》本《尊前集》仍作「重樓」。

〔四〕「是」，《花間集補》作「似」。

〔五〕「空」，《詞苑叢談》卷十作「暗」。

〔六〕「緑」，蕭本、《詞綜》、《全唐詩》作「淥」。「楚」，《南唐二主詞》、《尊前集》以外各本作「峽」。「三楚」，《南唐書》、《苕溪漁隱叢話》後集卷十八作「春色」（《苕溪漁隱叢話》後集卷三十九作「三峽」）。

【箋　注】

①真珠：即珍珠，此處指珠簾。唐李白《擣衣篇》詩：「真珠簾箔掩蘭堂。」又唐羅隱《簾》詩之一：「會應得見神仙在，休下真珠十二行。」玉鉤：用玉雕琢而成的簾鉤。

②依前：像從前一樣。鎖：閉鎖。重樓：層樓，高樓。《荀子·賦》：「志愛公利，重樓疏堂。」南朝梁何遜《登禪岡寺望和虞記室》：「北窗北溱道，重樓霧中出。」此句是説仍然和以往一樣把春恨鎖在高樓之内。

③主：主宰者，主人。

④青鳥：信使的代稱。《藝文類聚》卷九十一引《漢武故事》：「七月七日，上（漢武帝）於承華殿齋正中，忽有一青鳥從西方來集殿前。上問東方朔，朔曰：『此西王母欲來也。』有頃，王母至，有兩青鳥如烏，夾侍王母旁。」雲外：遥遠的地方。一説指仙境。

⑤結：長出花蕾。用以喻愁緒之鬱結難解。唐尹鶚《撥櫂子》詞：「寸心恰似丁香結，看看瘦盡胸前雪。」空：徒然。此句是以雨中丁香花蕾來喻人之愁腸。

⑥三楚：秦漢時將楚地分爲西楚、東楚、南楚，合稱「三楚」。泛指長江中下游一帶。《史記·貨殖列傳》以淮北、沛、陳、汝南、南郡爲西楚；彭城以東，東海、吴、廣陵爲東楚；衡山、九江、江南、豫章、長沙爲南楚。黄滔《秋色賦》：「空三楚之暮天，樓中歷歷。滿六朝之故地，草際悠悠。」

【輯　評】

宋馬令《南唐書》：王感化善謳歌，聲韻悠揚，清振林木，繫樂部爲歌板色。……元宗嘗作《浣溪沙》二闋，手寫賜感化，曰：「菡萏香銷翠葉殘，西風愁起碧波間。還與容光共憔悴，不堪看。細雨夢回清漏永，小樓吹徹玉笙寒。簌簌淚珠多少恨？倚闌干。」「手捲珠簾上玉鉤，依前春恨鎖重樓。風裏落花誰是主？思悠悠。青鳥不傳雲外信，丁香空結雨中愁。回首緑波三峽暮，接天流。」後主即位，感化以其詞札上之。後主感動，賞賜感化甚優。

宋阮閱《詩話總龜》：《翰苑名談》云李煜作詩，大率多悲感愁戚，如「青鳥不傳雲外信，丁香空結雨中愁」、「鬢從今日愁添白，菊似去年依舊黃」，皆思清句雅可愛。按：「青鳥」二句，作煜詩，誤。

宋胡仔《苕溪漁隱叢話》引佚名《漫叟詩話》：前人評杜詩云：「紅豆啄殘鸚鵡粒，碧梧棲老鳳凰枝。若云鸚鵡啄殘紅豆粒，鳳凰棲老碧梧枝，便不是好句。」余謂詞曲亦然。李璟有曲云「手捲真珠上玉鉤」，或改爲「珠簾」。舒通道有曲云「十年馬上春如夢」，或改云「如春夢」。非所謂遇知音者。

宋劉斧《翰府名談》：李煜（按當作璟）作詩，大率都悲感愁戚，如「青鳥不傳雲外信」（節），然思清句雅可愛。

明李攀龍：上言落花無主之意，下言回首一方之思。（引自唐圭璋《南唐二主詞彙箋》）

明沈際飛《草堂詩餘正集》卷一：落花一事而用意各別，亦妙。

明王世貞《藝苑巵言》：非律詩俊語乎？然是天成一段詞也，著詩不得。

清黄蘇《蓼園詞評》：按手捲珠簾，似可曠日舒懷矣。誰知依然恨鎖重樓。所以恨者何也？見落花無主，不覺心共悠悠耳。且遠信不來，幽愁空結。第見三峽波接天流，此恨何時自已乎？清和宛轉，詞旨秀穎。然以帝王爲之，則非治世之音矣。

清萬樹《詞律》：後人因李主此詞「細雨」、「小樓」二句，膾炙千古，竟名爲《南唐浣溪沙》。《花庵詞選》以爲李後主詞，非也。

清陳廷焯《雲韶集》卷二十四：那不魂銷，綺麗芊綿。置之元明以後，便成絶妙好詞，緣彼時尚以古爲貴故。

俞陛雲《唐五代詞選釋》：此調爲唐教坊曲，有數名。《詞譜》名《山花子》，《梅苑》名《添字浣溪沙》，《樂府雅詞》名《攤破浣溪沙》、《高麗樂史》名《感恩多》，因中主有此詞，又名《南唐浣溪沙》。即每句七字《浣溪沙》之别體。其結句加「思悠悠」、「接天流」三字句，申足上句之意，以蕩漾出之，較七字結句，别有神味。

俞平伯《讀詞偶得》：此總寫幽居之子。珠簾手捲，鄭重出之，庶覩夷曠，滌兹伊鬱，然重樓深鎖，春恨依前也。「鎖」字半虚半實，錘煉精當，可以體玩。下文説到春風時作，飄轉殘紅，「無主」二字，略略點出本意。結句三字，有愈想愈遠，輕輕放下之妙。掩卷瞑想，欲易此三字，其可得乎？下片較平實，遂少佳勝。

詹安泰《李璟李煜詞》：這詞充滿了愁恨和感慨。一開簾即滿懷春恨，並且是累積下來的跟往常一樣的春恨，這情緒是多麽飽滿！風裏落花是高度集中的寫法，是舉出一種最突出的景物來象徵春恨的内涵。從這種景象看，很明顯，這是在彷徨不安、無可告訴的情况之下産生出來的。因而接着就説，没有信使傳達消息，而愁恨越發固結不可解。情况糟到這個地步，還有什麽辦法呢？只有對着值得依戀的廣漠的江天寄託浩渺的懷思而已。細看這詞，在深長愁恨中表露出彷徨無措的心情，又對着江天致其無窮的依戀，當非一般的對景抒情之作，可能是李璟當南唐受周威脅得很厲害的時候借這樣的小詞來寄託自己的遭遇和懷抱的。

唐圭璋《唐宋詞簡釋》：此首直抒胸臆，清俊宛轉。其中情景融成一片，已不能顯分痕跡。首句「手捲真珠」平平叙起，但所以捲簾者，則圖稍釋愁恨也，故此句看似平淡，實已含無限幽怨。次句承上，淒苦尤甚，蓋欲圖銷恨，而恨依然未銷也，兩句自爲開合。下文更從「依前春恨」宕開，原恨所以依然未銷者，則以簾外落花，風飄無主耳。花落無主，人去已無主，故見落花，又不禁引起悠悠遐思矣。换頭，承「思悠悠」來。一句遠，一句近，兩句亦自爲開合。所思者何，雲外之人也。雲外之人既不至，雲外之信亦不至，其哀傷爲何如？「丁香」句，又添出雨中景色。花愈離披，春愈闌珊，愁愈深切矣。「回首」兩句，别轉江天茫茫之景作結，大筆振迅，氣象雄偉，而悠悠此恨，更何能已。通首一氣蟬聯，刀揮不斷。而清空舒捲，跌宕昭彰，洵可稱詞中神品。

葉嘉瑩《靈溪詞説》：丁香細結引愁長，光景流連自可傷。縱使《花間》饒旖旎，也應風發屬南唐。

【評　析】

這首詞寫春恨。主人公春恨深沉，寂寞無告。可能是作者自己的寫照，託思婦形象而表達。全詞從時空的交錯中寫幽閨春恨。起句「手捲真珠」乃特寫，簾捲之窗，既是思婦觀看自然景色的視窗，也是她自己展現心靈的視窗。次句寫重樓深鎖傷春之恨，點明時令。接下來「風裏落花」設問，言外見意，落花無主，隨風飄蕩，一無歸宿，人的命運何嘗不是如此，因而愁心更爲悠悠不已了。「思悠悠」三字，將眼前景象所引發的聯想推向更廣遠的境域。

下片寫遠方行人魚沉雁杳，愁恨愈發固不可解，只能對着廣漠的江天寄託無限哀愁。「青鳥」二句是天成可誦的聯對，爲王世貞《藝苑卮言》所激賞。此二句承上與上片聯爲一氣，點明了「思悠悠」的具體内容，足見春恨之所由，原非純爲落花。至此，風裏飄零無主的落花和雨中空結花蕾的丁香，不僅表現了春光遲暮，情景相協，而且也形象化了思婦的春愁春恨。前者喻身世，後者喻心情。末兩句以開闊景語作結，將全詞的情意推至高潮。後來李煜的名句「問君都有幾多愁：恰似一江春水向東流」，可能從此得到啟發。

作者巧妙地利用「攤破浣溪沙」的特有句式，以兩個三字短句申足前意，又出以蕩漾，尤感餘韻悠長。

浣溪沙〔一〕

菡萏香銷翠葉殘〔二〕①，西風愁起緑波間〔三〕。還與容光共憔悴〔四〕②，不堪看。細雨夢回雞塞遠〔五〕③，小樓吹徹玉笙寒④。多少淚珠何限恨〔六〕，倚闌干〔七〕。

【校勘記】

〔一〕《尊前集》、《詞的》、《詞綜》、《歷代詩餘》卷一百十三、《詞譜》作「山花子」。汲古閣《詞苑英華》本《尊前集》注「一作『浣溪沙』」。《詞苑叢談》卷三、《詞律》、《全唐詩》作「攤破浣溪沙」。又，《草堂詩餘》、《嘯餘譜》、《詞的》作「秋思」。

〔二〕「萏」，《堯山堂外紀》作「葮」。

〔三〕「緑」，《南唐書》、《苕溪漁隱叢話》、《詩話總龜》、《詞苑叢談》卷十作「碧」。

〔四〕「還」，吴本、吕本、蕭本作「遠」。吕遠本校記云「《花間集》作『還』」。「容」，蕭本作「寒」。劉繼增《南唐二主詞箋》云「舊鈔本作『寒』」。又吴本、吕本、侯本、《南唐書》、《苕溪漁隱叢話》、《詩話總龜》、《詞苑叢談》卷十以外各本作「韶」。

〔五〕「遠」，《詞苑叢談》卷十作「外」。「雞塞遠」，《南唐書》、《苕溪漁隱叢話》後集卷十八、《草堂詩餘》前集卷下馮延巳《謁金門》詞注引《雪浪齋日記》作「清漏永」。

〔六〕「多少」，《南唐書》、《苕溪漁隱叢話》、《詩話總龜》、《詞苑叢談》卷十作「簌簌」（《南唐書》、耘經樓覆宋本《苕溪漁隱叢話》卷十八誤作「漱漱」）。「珠」，吴本作「痕」。「何」，蕭本、晨本作「無」。「何限」，《南唐書》、《苕溪漁隱叢話》、《詩話總龜》、《詞苑叢談》卷十作「多少」。

〔七〕「倚」，吴本、吕本、侯本作「寄」。吕本校記云「《花間集》作『倚』」。

【箋　注】

①菡萏：荷花的别名。《詩經·陳風·澤陂》：「彼澤之陂，有蒲菡萏。」

②還與：已與。容光：臉上的光彩。漢徐幹《室思》詩之一：「端坐而無爲，髣髴君容光。」唐元稹《鶯鶯傳》：「自從消瘦減容光，萬轉千回懶下床。不爲旁人羞不起，爲郎憔悴卻羞郎。」

③雞塞：即雞鹿塞，又稱雞禄山，在陝西横山縣西，一説在今内蒙古磴口西北哈隆格乃峽谷口。《漢書·匈奴傳下》：「漢遣長樂衛尉高昌侯董忠、車騎都尉韓昌，將騎萬六千，又發邊郡士馬以千數，送單于出朔方雞鹿塞。」此處泛指邊塞。馬祖常《次韻繼學》詩：「雞塞西寧外，龍沙北極邊。」

④吹徹：吹盡，吹完最後一遍。徹，本爲大曲最後一遍。唐元稹《連昌宫詞》：「逡巡大遍涼州徹。」笙：一種管樂器。寒，是指笙簧潮濕，吹之不能應律。唐陸龜蒙《贈遠》：「妾思冷如簧，時時望

君暖。」此處似用其意。

【輯　評】

宋楊繪《時賢本事曲子集》：南唐李國主嘗責其臣曰：「『吹皺一池春水』，干卿何事。」蓋趙公撰《謁金門》辭有此一句，最警策。其臣即對曰：「未如陛下『小樓吹徹玉笙寒』。」

宋馬令《南唐書》卷二十一《黨與傳·馮延巳傳》：元宗樂府詞云「小樓吹徹玉笙寒」，延巳有「風乍起，吹皺一池春水」之句，皆爲警策。元宗嘗戲延巳曰：「『吹皺一池春水』，干卿何事？」延巳曰：「未如陛下『小樓吹徹玉笙寒』也。」元宗悦。

宋陸游《南唐書》卷十一：延巳工詩，雖貴且老不廢。（節）尤喜爲樂府詞。元宗嘗因曲宴内殿，從容謂曰：「『吹皺一池春水』，何干卿事？」延巳對曰：「安得如陛下『小樓玉笙寒』之句！」時喪敗不支，國幾亡，稽首稱臣於敵，奉其正朔以苟歲月，而君臣相語乃如此。

宋胡仔《苕溪漁隱叢話》前集卷五十九引《雪浪齋日記》云：荆公問山谷云：「作小詞曾看李後主詞否？」云：「曾看。」荆公云：「何處最好？」山谷以「一江春水向東流」爲對。荆公云：「未若『細雨夢回雞塞遠，小樓吹徹玉笙寒。』又『細雨濕流光』最好。」又，《苕溪漁隱叢話》後集卷三十九，苕溪漁隱曰：《古今詩話》云：「江南成文幼爲大理卿，詞曲妙絕。嘗作《謁金門》云：『風乍起，吹皺一池春水。』中主聞之，因案獄稽滯，召詰之。且謂曰：『卿職在典刑，一池春水，又何干於卿？』文幼頓首。」又,《本事曲》云:「南唐李國主嘗責其臣曰:『「吹皺一池春水」,干卿何事。』蓋趙公所撰《謁金門》詞,有此一句,最警策。其臣即對曰:『未如陛下「小樓吹徹玉笙寒」。』」若《本事曲》所記,但云趙公,初無其名,所傳必誤。惟《南唐書》與《古今詩話》二説不同,未詳孰是。

明沈際飛《草堂詩餘正集》卷一:「塞遠」、「笙寒」二句,字字秋矣。又云:少游「指冷玉笙寒,吹徹小梅春透」,翻入春詞,不相上下。

清徐釚《詞苑叢談》卷三:《南唐書》載元宗手寫《攤破浣溪沙》二詞賜樂部王感化(詞略)。情致如許,當是叔寶後身。

清賀裳《皺水軒詞筌》:南唐主語馮延巳曰:「風乍起,吹皺一池春水,何與卿事。」馮曰:「未若『細雨夢回雞塞遠,小樓吹徹玉笙寒』,不可使聞於鄰國。」然細看詞意,含蓄尚多。至少游「無端銀燭殞秋風,靈犀得暗通。相看有似夢初回。只恐又抛人去,幾時來」,則竟爲蔓草之偕臧,頓丘之執别,一一自供矣。詞雖小技,亦見世風之升降,沿流則易,溯洄實難,一入其中,勢不自禁。即余生平,亦悔習此技。

清許昂霄《詞綜偶評》:《山花子》(唐中主)「細雨」二句合看,乃愈見其妙。

清黄蘇《蓼園詞評》:按「細雨」、「夢回」二句,意興情幽,自係名句。結末「倚闌干」三字,亦有説不盡之意。

清陳廷焯《雲韶集》卷一:凄然欲絶,只在無可説處。

清陳廷焯《白雨齋詞話》卷一：南唐主《山花子》云：「還與韶光共憔悴，不堪看。」沉之至，鬱之至，淒然欲絶，後主雖善言情，卒不能出其右也。

清陳廷焯《詞則·大雅集》卷一：淒然欲絶，後主雖工於怨詞，總遜此哀婉沉至。

王闓運《湘綺樓詞選》：選聲配色，恰是詞語。

王國維《人間詞話》卷上：「菡萏香銷翠葉殘，西風愁起緑波間」，大有衆芳蕪穢，美人遲暮之感，乃古今獨賞其「細雨夢回雞塞遠，小樓吹徹玉笙寒」，故知解人正不易得。

俞陛雲《唐五代兩宋詞選釋》：荆公嘗問山谷曰：江南詞何者最好？山谷以「一江春水向東流」爲對。荆公曰：「未若『細雨夢回雞塞遠，小樓吹徹玉笙寒』爲妙。」馮延巳對中主語，極推重「小樓」七字，謂勝於己作。今就詞境論，「小樓」句固極綺思清愁；而馮之「風乍起，吹皺一池春水」，託思空靈，勝於中主。馮語殆媚茲一人耶！

吴梅《詞學通論》：此詞之佳，在於沉鬱。夫「菡萏香銷」、「西風愁起」與「韶光」無涉也，而在傷心人見之，則夏景繁盛亦易摧殘，與春光同此憔悴耳。故一則曰「不堪看」，一則曰「何限恨」，其頓挫空靈處，全在情景融洽，不事雕琢，淒然欲絶。至「細雨」、「小樓」二語，爲「西風愁起」之點染語，煉詞雖工，非一篇之至勝處。而世人競賞此二語，亦可謂不善讀者矣。

俞平伯《讀詞偶得》：《人間詞話》説首兩句：「……大有衆芳蕪穢，美人遲暮之感，乃古今獨賞其『細雨夢回……』，故知解人正不易得。」王氏此言極有理解（雖其抑揚或有過當）。茲既徵引，便不必詞費。荷衣零落，秋水空明，静安先生獨標境界之説，故深有所會也。「遠」各本作「還」，「容」作「韶」。「遠」之與「還」區分較小，「遠」字較雋，「還」字較自然；「容」之與「韶」則意義有别。韶光者景，人與之共憔悴，是由内而及外也。容光者人，與之共憔悴，是由外而及内也。取徑各異，今以「容光」爲正耳。「不堪看」妙用重筆（《白雨齋詞話》以爲沉鬱之至，即是此意）。與「思悠悠」有異曲同工之美。（節）「細雨」句極使我爲了難，覺得這是不好改成白話的，與李易安的「簾捲西風」有點仿佛（可參看《雜拌二·詩的神秘》）。夢大概指的是午夢，然而已有增字解經之病。雖然談詞原不必同説經之拘泥。「細雨」與「夢回」只是偶爾湊泊，自成文理。細雨固不能驚夢，即使雨聲攪夢也没有什麽味道的，所以萬不可串講。「雞塞」據胡適説，典出《漢書·匈奴傳》，雞鹿塞，地在外蒙古，但是否即用此典亦屬難定，大約詞人取其字面，於地理史乘無甚關係。「雞塞遠」與「夢回」似可串講，而仍以不串爲佳。（節）「寄闌干」，《花庵詞選》作「倚」，疑亦後人改筆。「寄」字老成，「倚」字稚弱，「寄」字與上銜接，「倚」無根，固未可同日語也。（節）《浣溪沙》本難在結句，此體因多了三字之轉折更不易填。中主兩詞，上片結句均極妙，下片結句雖視前者略遜，亦俱穩當。但如依俗本作「倚闌干」，此便成蕪累矣，是以一字之微，足重全篇之價，使千古名作得全其美，舊刊斯可珍矣。

唐圭璋《唐宋詞簡釋》：此首秋思詞。首兩句，從景物凋殘寫起，中間已含有無窮悲秋之感。「還與」兩句，觸景傷情，拍合人物。「不堪看」三字，筆力千鈞，沉鬱之至。較之李易安「人比黄花瘦」句，誠覺有仙凡之別。換頭，别開一境，似斷實連，一句遠，一句近，作法與前首同。夢回細雨，凝想人在塞外，悵惘已極，而獨處小樓，惟有吹笙以寄恨，但風雨樓高，吹笙既久，致笙寒凝水，每不應律，兩句對舉，名雋高華，古今共傳。陸龜蒙詩云「妾思正如簧，時時望君暖」，中主詞意正用此；而少游「指冷玉笙寒」句，則又從中主翻出。或謂玉笙吹徹、小樓寒侵，則非是也。末兩句承上，申述悲恨。「倚闌干」三字結束，含蓄不盡。

【評析】

前首詠春恨，此首詠秋悲，同爲中主李璟的得意之作，不僅在當時曾親書贈金陵名妓，使馮延巳艷羨不已，而且後來又爲王安石所激賞。此詞感受精微，叙寫柔美，其中還有千古佳句，實不愧爲南唐詞作的名篇。

上片感秋，以秋塘殘荷起興。荷花稱「菡萏」，荷葉稱「翠葉」，令人生珍美之聯想。而於其後綴「香銷」、綴「殘」，則作者對如此珍貴芬芳之生命的消逝凋殘的哀感，便盡在不言中了。次句點出「愁」字。接下來，承前兩句景物之描摹，歸結爲一切美好景物與生命「共憔悴」，於是「不堪看」三字才具有含蘊深厚之美好和無限深重之悲慨。

下片懷遠，寫景物較上片更深一層，是思婦的感受。「細雨」二句表情達意極悲苦，文字與形象卻極優美，實得力於意境的渲染。至「多少淚珠何限恨」，則將悲淒之情一瀉而出。而後卻戛然而止，以「倚闌干」三字景語作結，與上片開端之景語遥相呼應，含義深沉，韻味悠遠。

王安石認爲「細雨」兩句「最好」，其實全詞如連珠回環圓轉，景語融入情語，遠筆映襯近筆，化工無跡，風華絶代，又豈獨「細雨」二句爲佳句耶？

南唐後主李煜

虞美人〔一〕

《尊前集》共八首，後主煜重光詞也〔二〕。

春花秋月何時了〔三〕①，往事知多少②。小樓昨夜又東風〔四〕③，故國不堪回首月明中〔五〕④。雕欄玉砌依然在〔六〕⑤，只是朱顏改⑥。問君都有幾多愁〔七〕：恰似一江春水向東流〔八〕⑦。

【校勘記】

〔一〕吴訥《唐宋名賢百家詞》本、汲古閣《詞苑英華》本《尊前集》調作「虞美人影」。又《尊前集》注「中吕調」（案唐宋詞宮調，無「中吕調」之稱，殆「仲吕宮」之誤也）。

〔二〕「煜」，吴本誤作「煙」。又，侯本無此注。又，案此詞以下至《喜遷鶯》共十首，《烏夜啼》、《臨江仙》二首不見於《尊前集》，餘八首《尊前集》俱載之，與注相合。其間不知何故別羼入二詞。又《蝶戀花》、《菩薩蠻》各一首，注「見《尊前集》」而不計入八首之内，亦未知何故。《草堂詩餘》、《嘯餘譜》、《古今詩餘醉》題作「感舊」。

〔三〕「花」，《花間集補》誤作「月」。「月」，蕭本、晨本、《尊前集》、《唐宋諸賢絶妙詞選》作「葉」。

〔四〕「樓」，馬令《南唐書》卷五作「園」。「東」，同上作「西」。

〔五〕「回」，同上作「翹」。

〔六〕「依然」，《南唐二主詞》、《尊前集》以外各本作「應猶」，宋陳元龍《詳注周美成詞片玉集》卷二《玲瓏四犯》詞注引作「應猶」。劉繼增《南唐二主詞箋》云「二字舊鈔本作『應猶』」。《清平山堂話本》「猶」作「由」。

〔七〕「問君」，《尊前集》作「不知」。「都」，《粟香室叢書》本（以下簡稱粟本。此本復刻侯本，凡與侯本同者，俱不另列校記）、晨本、《後山詩話》、《苕溪漁隱叢話》前集卷五十引《後山詩話》、《古今詞統》、《詞綜》、《古今詞話》詞話卷上、《歷代詩餘》、《全唐詩》、詞林紀事卷二又引《後山詩話》作「能」。《苕溪漁隱叢話》後集卷三十九作「那」。《野客叢書》卷二十、《藏一話腴》內編卷上、《唐宋諸賢絶妙詞選》、四印齋刻陳鍾秀本《草堂詩餘》、《花間集補》、《填詞圖譜》、《古今詞話》詞話卷上引王弇州、又詞辨卷上作「還」。《古今詩餘醉》作「卻」。「幾」，蕭本、晨本、《古今詞話》詞話卷上引王弇州作「許」。蕭本、晨本注「『許多』一作『幾多』」（蕭本無「一」字）。劉繼增《南唐二主詞箋》云「舊鈔本作『許』」。

〔八〕「恰」，《藏一話腴》、《弇州山人詞評》、《詩餘圖譜》作「卻」。「似」，《尊前集》、《類編草堂詩餘》、《堯山堂外紀》、《嘯餘譜》作「是」。《嘯餘譜》注「當作『似』」。

【箋　注】

①春花秋月：春之花，秋之月。指人間最美好的時光。何時了：什麽時候才能完結。

②知多少：記得很多。

③小樓：指李煜被俘後在汴京的住所。東風：從東方吹來的風。一説指春風。《禮記·月令》：「（孟春之月）東風解凍，蟄蟲始振，魚上冰。」

④故國：祖國。指南唐。不堪：不能忍受。

⑤雕欄玉砌：雕花彩飾的欄干，玉石砌成的臺階。漢劉楨《魯都賦》：「金陛玉砌，玄梠雲柯。」《文選·王融〈三月三日曲水詩序〉》：「鏡文虹於綺疏，浸蘭泉於玉砌。」李周翰注：「玉者，美言之也；砌，階也。」李煜《浪淘沙》有句：「想得玉樓瑶殿影，空照秦淮。」玉樓瑶殿同此。

⑥朱顔改：紅潤的臉色改變了，謂人已憔悴。

⑦恰似：正如。

【輯　評】

宋龍袞《江南録》：（引見王銍《默記》卷下）李後主小周后隨後主歸朝，封鄭國夫人，例隨命婦入宫。每一入輒數日而出，必大泣駡後主，聲聞於外，多宛轉避之。

宋王銍《默記》卷上：徐鉉歸朝，爲左散騎常侍，遷給事中。太宗一日問：曾見李煜否？鉉對以「臣安敢私見之」。上曰：「卿第往，但言朕令卿往相見可矣。」……卒言：「有旨不得與人接，豈可見也？」鉉曰：「我乃奉旨來見。」老卒往報。徐入，立庭下久之。老卒遂入取舊椅子相對。鉉遥望見，謂卒曰：「但正衙一椅足矣。」頃間，李主紗帽道服而出。鉉方拜，而李主遽下階引其手以上。鉉告辭賓主之禮，主曰：「今日豈有此理。」徐引椅少偏，乃敢坐。後主相持大哭。乃坐，默不言。忽長吁嘆曰：「當時悔殺了潘佑、李平。」鉉既去，乃有旨再對。詢後主何言，鉉不敢隱。遂有秦王賜牽機藥之事。牽機藥者，服之前卻數十回，頭足相就如牽機狀也。又後主在賜第，因七夕命故伎作樂，聲聞於外。太宗聞之大怒。又傳「小樓昨夜又東風」及「一江春水向東流」之句，並坐之，遂被禍。

宋陸游《避暑漫鈔》：李煜歸朝後，鬱鬱不樂，見於詞語，在賜第，七夕命故伎作樂，聞於外，太宗怒，又傳「小樓昨夜又東風」，及「一江春水向東流」之句，並坐之，遂被禍。

宋陳師道《後山詩話》：王斿，平甫之子，嘗云，今語例襲陳言，但能轉移爾。世稱秦詞「愁如海」爲新奇，不知李國主已云「問君能有幾多愁？恰似一江春水向東流」。但以「江」爲「海」爾。

宋王楙《野客叢書》卷二十：《後山詩話》載王平甫子斿謂秦少游「愁如海」之句，出於江南李後主之意；又有所自。樂天詩曰：「欲識愁多少，高於灩澦堆。」劉禹錫詩曰：「蜀江春水拍山流，水流無限似儂愁。」得非祖此乎？則知好處前人皆已道過，後人但翻而用之耳。

宋羅大經《鶴林玉露》卷七：詩家有以山喻愁者。如少陵詩云「憂端如山來，澒洞不可掇」、趙嘏云「夕陽樓上山重疊，未抵春愁一倍多」是也。有以水喻愁者，李頎云「請量東海水，看取淺深愁」、李後主云「問君能有幾多愁，恰似一江春水向東流」、秦少游云「落紅萬點愁如海」是也。賀方回云：「試問閑愁知幾許，一川煙草，滿城風絮，梅子黄時雨。」蓋以三者比愁之多也，尤爲新奇。兼興中有比，意味更長。

宋陳郁《藏一話腴》内編卷上：太白云：「請君試問東流水，别意與之誰短長。」江南後主曰：「問君能有幾多愁，恰似一江春水向東流。」略加融點，已覺精彩。至寇萊公則謂：「愁情不斷如春水。」少游云：「落紅萬點愁如海。」青出於藍而勝於藍矣。

宋俞文豹《吹劍録》：詩有一聯一字唤起一篇精神。（節）李頎詩：「請量東海水，看取淺深愁。」李後主詞：「問君能有幾多愁？恰似一江春水向東流。」

明卓人月《古今詞統》卷八：徐士俊云：只一「又」字，宋元以來抄者無數，終不厭煩。

明陳霆《唐餘記傳》：煜以七夕日生。是日燕飲聲伎，徹於禁中。太宗銜其有「故國不堪回首」之詞，至是又愠其酣暢。乃命楚王元佐等攜觴就其第而助之歡。酒闌，煜中牽機藥毒而死。

明董其昌《評注便讀草堂詩餘》：山谷羨後主此詞。荆公云：「未若『細雨夢回雞塞遠，小樓吹徹玉笙寒』尤爲高妙。」

清尤侗《延露詞序》：詩何以「餘」哉？「小樓昨夜」，《哀江頭》之餘也；「水殿風來」，《清平調》之餘也；「紅藕香殘」，《古别離》之餘也；「將軍白髮」，《從軍行》之餘也；「今宵酒醒」，《子夜》、《懊儂》之餘也」，「大江東去」，鼓角横吹之餘也，詩以「餘」亡，亦以「餘」存。

清王士禛《花草蒙拾》：鍾隱入汴後，「春花秋月」諸詞，與「此中日夕只以眼淚洗面」一帖，同是千古情種，較長城公煞是可憐。

清王士禛《五代詩話》卷一引《稗史匯編》：宋邵伯温曰：「南唐李煜以太平興國三年（九七八）七月七日卒。吴越王錢俶以雍熙四年（九八七）八月二十四日卒。二君歸宋，奉朝請於京師。其卒之日俱其始生之辰。太宗於是日遣中使賜以器幣，與之燕飯，皆飲畢卒。蓋太宗殺之也。余按野史，李後主以七夕誕辰，命故伎於賜第作樂侑飲，聲聞於外，太宗聞之大怒。又傳其小詞「小樓昨夜又東風，故國不堪回首月明中」之句，由是怒不可解。是李之禍，詞語促之也。因記錢鄧王有句云：「帝鄉煙雨鎖春愁，故國山川空淚眼。」其感時傷事，不減於李，然則其誕辰之禍，豈亦緣是也？

清沈雄《古今詞話》詞辨卷上：李後主詞「春花秋月何時了（下略）。」當以此闋爲最。

清馮金伯《詞苑萃編》卷二：引《詞潔》王介甫問黄魯直，李後主詞何句最佳。魯直舉「問君能有幾多愁，恰似一江春水向東流」。介甫以爲未若「細雨夢回雞塞遠，小樓吹徹玉笙寒」。介甫之言是矣。顧以專論後主之詞可耳，尚非詞之至也。若總統諸家而求極致，於不食煙火，不落言詮，如女中之有國色，無事矜莊修飾，使當之者忽然自失，而未由仿佛其皎好，其惟太白「暝色入高樓，有人樓上愁」乎？惜乎今之才人，動而不静，往而不返，識此宗趣者蓋寡。

清陳廷焯《雲韶集》卷一：一聲慟歌，如聞哀猿，嗚咽纏綿，滿紙血淚。

王闓運《湘綺樓詞選》前編：常語耳，以初見故佳，再學便濫矣。朱顔本是山河，因歸宋不敢言耳。若直説山河改，反又淺也。結亦恰到好處。

梁啟勛《詞學》下編：李後主原是天才之文學家，又是亡國之君，此三首（《浪淘沙》「簾外雨潺潺」、「往事只堪哀」及《虞美人》「春花秋月何時了」）乃國破之後，在汴梁作寓公時所作，綣懷故國，又不敢明白表示，忍淚吞聲，亦不能自抑，而流露於言辭。聞宋太祖賜以牽機藥，亦因見此詞。

俞陛雲《唐五代兩宋詞選釋》：亡國之音，何哀思之深耶。傳誦禁廷，不加憫而被禍，失國者不殉宗社，而任人宰割，良足傷矣。《後山詩話》謂秦少游詞「飛紅萬點愁如海」出於後主「一江春水」句，《野客叢書》又謂白樂天「欲識愁多少，高於灩澦堆」，劉禹錫「水流無限似儂愁」，爲後主詞所祖。但以水喻愁，詞家所易到，屢見載籍，未必互相沿用。就詞而論，李、劉、秦諸家之以水喻愁，不若後主之「春江」九字，真傷心人語也。

劉永濟《唐五代兩宋詞簡析》：此詞明言「故國」，明言「雕欄玉砌」，故宋太宗聞之，即賜牽機藥以死之。

唐圭璋《唐宋詞簡釋》：此首感懷故國，悲憤已極，起句，追維往事，痛不欲生。滿腔恨血，噴薄而出：誠《天問》之遺也。「小樓」句承起句，縮筆吞咽；「故國」句承起句，放筆呼號。一「又」字慘甚。東風又入，可見春花秋月，一時尚不得遽了，罪孽未滿，苦痛未盡，仍須偷息人間，歷盡磨折。下片承上，從故國月明想入，揭出物是人非之意，末以問答語，吐露心中萬斛愁恨，令人不堪卒讀。通首一氣盤旋，曲折動蕩，如怨如慕，如泣如訴。

唐圭璋《李後主評傳》：這兩首詞（本闋及「人生愁恨何能免」）大概是同時在汴京作的，直抒胸臆，把不堪回首的往事，盡情流露。這類詞真是百轉柔腸，令人無可奈何。

唐圭璋《屈原與李後主》：至其《虞美人》一首，更是哀傷入骨，詞云（略）。問春花秋月何時可了，正求速死也。但小樓昨夜東風又入，恨不得即死也。下片從故國月明想入，揭出物是人非之戚。最後以問答語，吐露胸中萬斛愁腸，誠令人不堪卒讀。

唐圭璋《南唐二主年表》：太平興國二年丁丑（九七七）後主四十一歲。後主言貧，宋太宗命增給月俸，仍予錢三百萬。是時作《虞美人》、《浪淘沙》諸詞。太平興國三年戊寅（九七八），後主四十二歲，七月七日，命故伎作樂。太宗大怒。又傳「小樓昨夜又東風」，「一江春水向東流」詞，遂賜牽機藥而死。

俞平伯《讀詞偶得》：奇語劈空而下，以傳誦久，視若恒言矣。日日以淚洗面，遂不覺而厭春秋之長。歲歲花開，年年月滿，前視茫茫，能無回首，固人情耳。「小樓昨夜又東風」，下一「又」字，與「何時了」密銜，而「故國」一句便是必然的轉折。就章法言之，三與一，四與二，隔句相承也；一二與三四，情境互發也，但一氣讀下，竟不見有章法。後主又烏知所謂章法哉？而自然有了章法，情生文也。過片兩句，示今昔之感，只是直說，其下兩句，千古傳名，實亦羌無故實。劉繼增《箋注》所引

《野客叢書》以爲本於白居易、劉禹錫，直夢囈耳。胡不曰本於《論語》「子在川上」章，豈不更現成麽？此所謂「直抒胸臆，非傍書史」者也。後人見一故實，便以爲「因在是矣」，何其陋耶。（節）今效其語而補之曰：「恰似一江春水向東流，後主語也，其詞品似之。」蓋詩詞之作，曲折似難而不難，惟直爲難。直者何？奔放之謂也。直不難，奔放亦不難，難在於無盡。「恰似一江春水向東流」，無盡之奔放，可謂難矣。傾一杯水，杯傾水涸，有盡也；逝者如斯，不舍晝夜，無盡也。意竭於言則有盡，情深於詞則無盡。「言之不足，故長言之，長言之不足，故嗟嘆之」，老是那麽「不足」，豈有盡歟，情深故也。人曰李後主是大天才，此無徵不信，似是而非之説也。情一往而深，其春愁秋怨如之，其詞筆復婉轉哀傷，隨其孤往，則謂千古之名句可，謂爲絶代的才人亦可。凡後主一切詞當作如是觀，不但此闋耳，特於此發其凡耳。

龍榆生《南唐二主詞叙論》（上海古籍出版社《龍榆生詞學論文集》）：後主既歸宋，與金陵舊宫人書云：「此中日夕只以眼淚洗面。」（見王銍《默記》）趙癸《行宫雜記》亦稱：後主歸朝後，每懷故國，且念嬪妃散落，鬱鬱不自聊。「秋月春花，往事多少？」「眼淚洗面」與「眼色相勾」之滋味，相去幾何？

夏承燾《瞿髯論詞絶句》：淚泉洗面枉生才，再世重瞳遇可哀。喚起温韋看境界，風花揮手大江來。

【評　析】

這首詞是李煜囚居汴京所作。王銍《默記》載後主於七夕之夜，命故妓作樂，唱《虞美人》詞，聲聞於外。宋太宗聞之，大怒，毒殺李煜。囚居猶有故妓作樂，於理不合。且詞云「小樓昨夜又東風」，與晏殊立春日所作《木蘭花》「東風昨夜回梁苑」所詠相近，亦當是立春日作。此詞通篇採用問答，以問起，以答結，通過高亢快速的調子，淋漓盡致地刻劃出詞人的亡國之痛。

起句怨問蒼天，劈空而下。「春花秋月」本來是美景良辰，對人生已絕望的詞人卻討厭其無休無盡。接句「往事知多少」，則由春花秋月之無盡反襯人生短暫無常。「往事」當然指他在南唐曾擁有的繁華和歡娛。第三句「小樓」指囚居之所，「昨夜又東風」則點明他降宋後又過一年了，同時也和首句相呼應。第四句直抒亡國之恨，足見其個性不羈，對故國一往情深。

下片寫遥望南國的感慨。「雕欄」兩句寫金陵故國宫殿的欄砌應該還在，只是當年曾流連其中的人已憔悴不堪了，物是人非的悵恨之感令人扼腕。全詞至此，已轉入深沉的富有哲學意味的思考，蓄勢待發。末兩句「問君能有幾多愁，恰似一江春水向東流」則將滿腔幽憤閘開放出，一瀉千里。這是以水喻愁的千古絕唱，劉禹錫《竹枝》「水流無限似儂愁」，嫌其率直；而秦觀《江城子》「便做春江都是淚，流不盡，許多愁」，則又説得過盡，反而削弱了感人的力量。

烏夜啼〔一〕

昨夜風兼雨，簾幃颯颯秋聲〔二〕①。燭殘漏斷頻欹枕〔三〕②，起坐不能平〔四〕。　世事漫隨流水③，算來夢裏浮生〔五〕④。醉鄉路穩宜頻到⑤，此外不堪行⑥。

【校勘記】

〔一〕《全唐詩》調作「錦堂春」，注「一名『烏夜啼』」。

〔二〕「颯颯」，呂本作「颯」。

〔三〕「斷」，吴本、侯本空格。蕭本、晨本、《花草粹編》、《詞律》、《全唐詩》作「滴」。劉繼增《南唐二主詞箋》云「舊鈔本作『滴』」。

〔四〕「不」，吴本空格。

〔五〕「夢裏」，呂本、蕭本以外各本作「一夢」。吴本只一「夢」字，無空格，不知所缺何字。

【箋　注】

① 簾幃：簾幕，外簾内幃。簾以竹織成，幃以布做成。此處「簾幃」作一詞用。唐孫逖《同刑判官尋

龍湍觀歸湖中》詩：「絲管荷風入，簾幃竹氣清。」唐白居易《寄浙東李郎》詩：「和風細動簾幃暖，清露微凝枕簟涼。」颯颯：風雨聲。

②漏斷：漏聲已斷。指夜深。古人計時，用銅壺盛水，底穿一孔，使水緩緩滴落。壺中插一標尺，依刻度計時。頻：頻繁。欹枕：斜靠在枕上，形容人心情愁悶，難以入睡。

③漫：徒然。

④浮生：指短暫虚幻的人生。《莊子·刻意》：「其生若浮，其死若休。」以人生在世，虚浮不定，因稱人生爲「浮生」。南朝宋鮑照《答客》詩：「浮生急馳電，物道險絃絲。」唐元稹《酬哥舒大少府寄同年科第》詩：「自言行樂朝朝是，豈料浮生漸漸忙。」

⑤醉鄉：喝醉酒後的境界。指醉酒後神志不清的境界。唐王績《醉鄉記》：「阮嗣宗、陶淵明等十數人，並游於醉鄉。」

⑥不堪行：不能行。此句是言「醉鄉」之路平穩，應該經常去，除此以外的道路都不能行走。即勸自己借酒消愁，以沉醉來擺脱愁悶。

【輯評】

宋阮閱《詩話總龜》卷三十一引《翰苑名談》：李煜暮歲，乘醉書於壁云：「萬古到頭惟一死，醉鄉葬地有高原。」醒而見之，大悔，不久謝世。曾慥《類苑》卷五十二引此云：「後主臨終作。」

俞陛雲《唐五代兩宋詞選釋》：此調亦唐教坊曲名也。人當清夜自省，宜嗔癡漸泯。作者輾轉起坐不平，雖知浮塵若夢，而無徹底覺悟。惟有借陶然一醉，聊以忘憂。此詞若出於清談之名流，善懷之秋士，便是妙詞。乃以國主任兆民之重，而自甘頹棄，何耶？但論其詞句，故能寫牢愁之極致也。

詹安泰《李璟李煜詞》：這是寫愁悶難堪時的實際生活和心理活動。前段從引動愁悶的風雨説到長夜裏坐臥不安，是寫實在的情況。後段是寫心願。這時真覺得世間一切都算不得什麽，隨着流水飄蕩，像夢一般過去，只有可以排除愁悶的酒還值得依戀。

唐圭璋《屈原與李後主》：亦寫足人生之煩悶。夜來風雨無端，秋聲颯颯，已令人愁絶；何況燭殘漏滴之時，傷感更甚。「起坐不能平」一句，寫出輾轉無眠之苦來。下片回憶舊事，不堪回首。人世茫茫，人生若夢，無樂可尋，無路可行。除非一醉黄昏，或可消憂。不然無時無地不苦悶。此種厭世思想，與佛家相合。

唐圭璋《唐宋詞簡釋》：此首由景入情，寫出人生之煩悶。夜來風雨無端，秋聲颯颯，此境已令人愁絶；加之燭又殘，漏又斷，傷感愈甚矣。「起坐不能平」句，寫盡抑鬱塞胸，輾轉無眠之苦。换頭，承上抒情，言舊事如夢，不堪回首。末兩句，寫人世茫茫，衆生苦惱，尤爲沉痛。後主詞氣象開朗，堂廡廣大，悲天憫人之懷，隨處流露。王靜安謂：「道君（指宋徽宗）不過自道身世之戚，後主則儼有釋迦、基督擔荷人類罪惡之意。」其言良然。

【評　析】

此詞寫秋愁，當是李煜囚居汴京所作。上片寫長夜秋風秋雨，愁人不能入睡。下片寫世事如夢，只得向醉鄉求解。

曾慥《類苑》卷五十二説此詞是「後主臨終作」，頗顯輕率。曾的根據是宋阮閱《詩話總龜》卷三十一引《翰苑名談》：「李煜暮歲，乘醉書於壁云：『萬古到頭惟一死，醉鄉葬地有高原。』醒而見之，大悔，不久謝世。」恐懼死亡、寄情大醉當然是李煜晚期總的思想傾向，同一時期的作品有些相同的詞句也是可以理解的，但如果拘泥於「醉鄉」等遺詞的相同而斷定《烏夜啼》爲「臨終作」，則失之武斷了。

一斛珠〔一〕①

曉妝初過〔二〕，沉檀輕注些兒箇〔三〕②。向人微露丁香顆〔四〕③。一曲清歌，暫引櫻桃破〔五〕④。

羅袖裛殘殷色可⑤，杯深旋被香醪涴〔六〕⑥。繡床斜憑嬌無那〔七〕⑦，爛嚼紅茸〔八〕⑧，笑向檀郎唾〔九〕⑨。

【校勘記】

〔一〕《尊前集》注「商調」。又，《詞的》、《古今詩餘醉》、《古今詞統》題作「詠佳人口」。《歷代詩餘》

題作「詠美人口」。《清綺軒詞選》卷六題作「美人口」。

〔二〕「曉」，《花草粹編》、《詞的》、《詩餘圖譜》、《花間集補》、《古今詞統》、《歷代詩餘》、《全唐詩》、《詞譜》作「晚」。

〔三〕「沉」，《醉翁琴趣外篇》作「濃」。「箇」，同上作「個」。

〔四〕「向」，同上作「見」。又，吴本、侯本注「缺一字」。「丁」，《花間集補》誤作「了」。

〔五〕「暫」，《醉翁琴趣外篇》作「漸」。

〔六〕「醪」，《詞的》、《花間集補》誤作「膠」。「涴」，《醉翁琴趣外篇》作「污」。

〔七〕「嬌」，同上作「情」。

〔八〕「爛」，同上作「亂」。「茸」，吕本、吴訥《唐宋名賢百家詞》本《尊前集》作「絨」。

〔九〕「檀」，《花間集補》奪此字。「唾」，蕭本作「吐」。「唾」、「吐」異韻，蕭本此字應誤。

【箋注】

① 一斛珠：曹鄴《梅妃傳》：明皇既寵楊貴妃，遂疏梅妃。會夷使至，獻珍珠一斛。上密賜梅妃。梅妃以詩答明皇曰：「柳葉雙眉久不描，殘妝和淚污紅綃。長門自是無梳洗，何必珍珠慰寂寥。」上覽詩悵然，令樂府以新聲度之，號「一斛珠」。

② 沉檀：即深而濃的絳色化妝品。檀，指淺絳色。沉，指色深。唐婦女梳妝時用於眉端或唇上。唐

韓偓《余作探使以繚綾手帛子寄賀因而有詩》詩：「檀口消來薄薄紅。」輕注：輕輕地點上。些兒箇：唐宋時的方言，一點兒。宋姜夔《浣溪沙》詞：「些兒閑事莫縈牽。」或作「些箇」，宋沈蔚《尋梅》詞：「好景色，只消些箇，春風爛漫卻且可。」

③丁香顆：丁香的花蕾。因丁香形似雞舌，又名「雞舌香」，常被借喻女人的舌頭。

④櫻桃破：指美人張口。櫻桃，因女人口型較小，顏色紅潤，形似櫻桃，常喻指美人之口。唐李商隱《贈歌妓》詩之一：「紅綻櫻桃含白雪，斷腸聲裏唱《陽關》。」唐韓偓《裊娜》詩：「著詞但見櫻桃破，飛盞遥聞豆蔻香。」

⑤裛殘：沾濡殘酒。裛，通「浥」。沾濕。以後宋歐陽修《漁家傲》詞「羅袖裛殘心不穩，羞人問，歸來剩把胭脂襯」似應本此。殷色：深紅色。可：義同「可可」，些微貌，少許貌。唐寒山《詩》之一五八：「昔時可可貧，今朝最貧凍。」宋無名氏《漁家傲》詞：「雪點江梅纔可可，梅心暗弄纖纖朵。」

⑥杯深：杯子斟得很滿。香醪：香酒。唐杜甫《崔駙馬山亭宴集》詩：「清秋多宴會，終日困香醪。」涴：污染。

⑦繡床：用織繡裝飾的的床。多指女子睡床。唐司空圖《楊柳枝·壽杯詞》之七：「池邊影動散鴛鴦，更引微風亂繡牀。」嬌無那：美好可愛的姿態無以復加。那，音挪。無那，無限、非常。

⑧紅茸：紅色的絲綫。

⑨ 檀郎：《晉書·潘岳傳》記載西晉潘岳貌美，婦女們對其十分愛慕，潘岳小字「檀奴」，以後常以「檀郎」作爲婦女對夫婿或所愛慕的男子的愛稱。唐無名氏《菩薩蠻》：「含笑問檀郎，花强妾貌强。」

【輯評】

明沈際飛《草堂詩餘別集》卷二：後主、煬帝輩，除卻天子不爲，使之作文士蕩子，前無古，後無今。

明卓人月《古今詞統》卷八：徐士俊云：天何不使後主現文士身而必予以天子位，不配才，殊爲恨恨。

明潘游龍《古今詩餘醉》卷十二：描畫精細，絶是一篇上好小題文字。

清李漁《窺詞管見》：李後主《一斛珠》之結句云：「繡床斜倚嬌無那，爛嚼紅絨，笑向檀郎唾。」此詞亦爲人所競賞。予曰：此娼婦倚門腔，梨園獻醜態也。（節）不料填詞之家，竟以此事謗美人。而後之讀詞者，又只重情趣，不問妍媸，復相傳爲韻事，謬乎不謬乎。無論情節難堪，即就字句文淺者論之，爛嚼打人諸腔口，幾於俗殺，豈雅人詞内所宜。

清賀裳《皺水軒詞筌》：詞家多翻詩意入詞，雖名家不免。吾常愛李後主《一斛珠》末句云：「繡床斜憑嬌無那，爛嚼紅絨，笑向檀郎唾。」楊孟載《春繡》絶句云：「閑情正在停針處，笑嚼紅絨唾碧窗。」此卻翻詞人詩，彌子瑕竟效顰於南子。

清李佳《左庵詞話》卷下：李後主詞「爛嚼紅絨，笑向檀郎唾」，李易安詞「倚門回首，卻把青梅嗅」，汪肇麟詞「待他重與畫眉時，細數郎輕薄」，皆酷肖小兒女情態。

清陳廷焯《雲韶集》卷一：畫所不到，風流秀曼，失人君之度矣。又《詞則・閑情集》卷一：風流秀曼，失人君之度矣。

俞陛雲《唐五代兩宋詞選釋》：雖綺靡之音，而上闋「破」字韻頗新穎。下闋「繡床」三句自是俊語。楊孟載襲用之，有《春繡》絕句云：「閑情正在停針處，笑嚼紅絨唾碧窗。」翻用前人詞語入詩，雖能手不免。

詹安泰《李璟李煜詞》：這是描寫一個歌女的情態，從出場到收場都加以精細的刻畫，因爲寫的是歌女，故着重寫她的口中的表現。給人印像最深的是結尾嚼絨唾檀郎的描寫，從這種動作中來表達出女人撒嬌的神態，在以前是没有被發表過的。

唐圭璋《李後主評傳》：這首詞寫人的妝飾，寫人的服色，寫人的狂醉，寫人的嬌態，並寫得妖冶之至。

唐圭璋《唐宋詞簡釋》：此首詠佳人口。起兩句，寫佳人口注沉檀。「向人」三句，寫佳人口引清歌。換頭，寫佳人口飲香醪。末三句，寫佳人口唾紅茸。通首自佳人之顏色服飾，以及聲音笑貌，無不描畫精細，如見所聞。

龍榆生《南唐二主詞叙論》：後主在位十五年，保境安民，頗有小康之象。因得寄情聲樂，蕩侈不羈。《詩話類編》云：後主嘗微行娼家，乘醉大書石壁曰：「淺斟低唱，偎紅倚翠太師，鴛鴦寺主，傳風流教法。」此時寧復知世間有苦惱事？故在前期作品，類極風流藴藉，堂皇富艷之觀，描寫美人嬌憨情態者，如《一斛珠》（節）。温馨艷麗，蕩人心魄；又好用代詞，如「丁香」、「櫻桃」之類，頗受温庭筠影響。

【評　析】

這首詞寫歌女以歌侑酒時的場景和神態，由於是作者熟悉的生活環境，故寫得十分新鮮而生動。

上片主要寫場景。「曉妝」兩句，盛裝出場；「向人」三句，引吭清歌。而遣詞造語卻別具一格。「沉檀」喻點唇，「丁香顆」喻舌尖，「櫻桃破」喻張嘴，極其新鮮，富有美感。

下片主要寫神態。「羅袖」兩句，侑酒而醉；「繡床」三句，則極寫醉而似嗔似惱的嬌憨之態。結句描寫小女兒情態，尤爲生動傳神。賀裳《皺水軒詞筌》指出，後來楊孟載《春繡》絶句云「閑情正在停針處，笑嚼紅絨唾碧窗」屬於「翻詞入詩」，「彌子瑕竟效顰於南子」。

子夜歌〔一〕

人生愁恨何能免，銷魂獨我情何限〔二〕①。故國夢重歸〔三〕，覺來雙淚垂②。　高樓誰與上〔四〕？長記秋晴望③。往事已成空，還如一夢中。

【校勘記】

〔一〕吕本、《全唐詩》調作「菩薩蠻」。《尊前集》、《詞綜》調作「子夜」，汲古閣《詞苑英華》本《尊前集》注：「即『菩薩蠻』。」

〔二〕「限」，侯本誤作「恨」。

〔三〕「重」，馬令《南唐書》卷五作「初」。

〔四〕「上」，吴本、侯本空格。劉繼增《南唐二主詞箋》云「舊鈔本作『共』」。

【箋　注】

①銷魂：靈魂離開肉體。形容極其哀愁。南朝梁江淹《别賦》：「黯然銷魂者，唯别而已矣。」唐錢起《别張起居》詩：「有别時留恨，銷魂況在今。」

②覺來：醒來。

③長記：長久地記着。

【輯評】

宋馬令《南唐書》本注：後主《子夜歌》調，有淒然故國之思。

清陳廷焯《雲韶集》卷一：「回首可憐歌舞地」。又云：「悠悠蒼天，此何人哉！」

俞陛雲《五代詞選釋》：起句用翻筆，明知難免而我自消魂，愈覺埋愁之無地。馬令《南唐書》本注謂「故國」二句與《虞美人》詞「小樓昨夜」二句「皆思故國者也」。

詹安泰《李璟李煜詞》：這是李煜入宋後抒寫亡國哀思的作品。前段是説人生都不免有愁恨，而我的情懷更覺難堪，這是泛指一般的情況。夢回故國，一覺醒來便流淚，這是專指特殊的情況。後段緊接特殊情況推進一層説，本來故國是不堪回首的，可是老是記着以前秋高氣爽的時候跟人在樓上眺望的情事。現在叫誰跟我一起呢？看來舊事全是空幻的，只是像一場大夢罷了。從悲痛之極，無奈何，歸結到人生如夢，便覺真摯動人。

唐圭璋《唐宋詞簡釋》：此首思故國，不假彩飾，純用白描。但起句重大，一往情深。起句兩問，已將古往今來之人生及己之一生説明。「故國」句開，「覺來」句合，言夢歸故國，及醒來之悲傷。換頭，言近況之孤苦，高樓獨上，秋晴空望，故國杳杳，銷魂何限！「往事」句開，「還如」句合，上下兩

「夢」字亦幻，上言夢似真，下言真似夢也。

【評　析】

這首詞是李煜降宋後所作。第一句是寫的普遍人情，第二句起就轉寫個人獨特的際遇了。下片「高樓誰與上，長記秋晴望」所述高樓晴望亦即上片「故國夢」的具體内容。而「往事已成空，還如一夢中」亦即上片「覺來」的感悟。全詞自然真率，於疏淡之中見出深邃。

臨江仙〔一〕①

櫻桃落盡春歸去〔二〕②，蝶翻金粉雙飛〔三〕③。子規啼月小樓西〔四〕④。畫簾珠箔〔五〕⑤，惆悵捲金泥〔六〕⑥。　門巷寂寥人去後〔七〕，望殘煙草低迷〔八〕⑦。（爐香閑裊鳳凰兒⑧。空持羅帶，回首恨依依。）

【校勘記】

〔一〕《陽春白雪》卷三康伯可補足李重光詞調作「瑞鶴仙令」。

〔二〕「落盡」，《墨莊漫録》、《花草粹編》引《西清詩話》作「結子」。「春歸」，《稗海》本《墨莊漫録》作

「春光歸」。吕本卷末重出《臨江仙》詞作「春歸」，注「『歸』一作『光』」（餘與《稗海》本《墨莊漫録》全同，不另校）。「去」，《墨莊漫録》、《花草粹編》引《西清詩話》作「盡」。吴本缺「去」字。

〔三〕「蝶」，《詞苑叢談》引《耆舊續聞》誤作「蛺」。「翻」，明刻本《類説》誤作「番」。「金」，《耆舊續聞》、《隱居通議》卷十一、《花草粹編》引《耆舊續聞》、《堯山堂外紀》、《古今詞統》、《皺水軒詞筌》、《詞綜》、《詞苑叢談》、《古今詞話》詞辨卷上、《歷代詩餘》卷三十五、《全唐詩》、《詞林紀事》作「輕」。

〔四〕「啼」，明刻本《類説》缺此字。「月」，《陽春白雪》卷三康伯可補足李重光詞作「恨」。

〔五〕「畫簾」，《景定建康志》、《客座贅語》、《古今詞統》、《皺水軒詞筌》、《詞苑叢談》引《堯山堂外紀》、《古今詞話》詞辨卷上作「曲欄」。「珠」，《花草粹編》引《西清詩話》、《古今詞話》詞辨卷上作「朱」。「畫簾珠箔」，《類説》作「曲瓊鉤箔」。《苕溪漁隱叢話》、《詩話總龜》、《堯山堂外紀》作「曲欄金箔」。《墨莊漫録》、《耆舊續聞》、《花草粹編》引《耆舊續聞》、《詞綜》、《詞苑叢談》、《歷代詩餘》卷三十五、《全唐詩》、《詞林紀事》作「玉鉤羅幕」（明刻《稗海》本《墨莊漫録》缺「玉」字，吕本卷末重出《臨江仙》同）。《陽春白雪》康伯可補足李重光詞作「曲屏朱箔晚」（黄丕烈校本作「珠箔」）。《説郛》引《雪舟脞語》作「曲瓊金箔」。《古今詞話》詞話卷上、《歷代詩餘》卷一百十三引《樂府紀聞》作「玉鉤牽幕」。

〔六〕「捲」，《皺水軒詞筌》作「拚」。「捲金泥」，《耆舊續聞》、《花草粹編》引《耆舊續聞》、《詞綜》、

《詞苑叢談》、《歷代詩餘》卷三十五、《全唐詩》、《詞林紀事》作「暮煙垂」。

〔七〕「門」，同上作「別」。「巷」，《古今詞話》、《歷代詩餘》卷一百十三引《樂府紀聞》作「掩」。「寥」，《花草粹編》引《西清詩話》、黄丕烈校本《陽春白雪》卷三康伯可補足李重光詞作「寞」。「去」，《耆舊續聞》、《花草粹編》引《耆舊續聞》、《堯山堂外紀》、《古今詞統》、《皺水軒詞筌》、《詞綜》、《詞苑叢談》、《古今詞話》、《歷代詩餘》、《全唐詩》、《詞林紀事》作「散」。

〔八〕「草」，《景定建康志》、《客座贅語》作「柳」。「低」，《古今詞統》、《皺水軒詞筌》、《古今詞話》、《歷代詩餘》卷一百十三引《樂府紀聞》作「淒」。《隱居通議》、吕本卷末重出《臨江仙》詞作「萋」。又，蕭本注「已下缺」。又，《南唐二主詞》此首原據《西清詩話》輯入，缺末三句。《耆舊續聞》云「未嘗不全」，末三句爲「爐香閑裊鳳凰兒，空持羅帶，回首恨依依」。《花草粹編》引《耆舊續聞》、《詞綜》、《詞苑叢談》卷六引《耆舊續板》、《古今詞話》詞話卷上引《花間集》、又詞辨卷上引劉延仲補（《古今詞話》引《花間集》並劉延仲補俱誤。《花間集》無李煜詞。劉延仲補見《墨莊漫録》，非此三句），《歷代詩餘》、《全唐詩》、《詞林紀事》並據之。（「爐」，《古今詞話》、《歷代詩餘》卷一百十三作「爈」。「羅」，《古今詞話》詞話卷上、《歷代詩餘》卷一百十三作「裙」，《古今詞話》詞辨卷上作「雙」。「恨」，《古今詞話》詞話卷上、《歷代詩餘》卷一百十三作「故」）。《墨莊漫録》卷七劉延仲補云「何時重聽玉驄嘶，撲簾飛絮，依約夢回時」（「飛」，《花草粹編》引《墨莊漫録》、《詞綜》、《古今詞話》詞話卷上、《歷代詩餘》卷一百十三、《詞林紀事》引《詞綜》作「柳」）。呂本卷末重出《臨江仙》詞注「『何時重聽』尾句是劉延仲補」。《陽春白雪》卷三康與之補「閑尋舊曲玉笙悲，關山千里恨，雲漢月重規」。

【箋注】

①王仲聞指出，宋蔡絛《西清詩話》云：「後主圍城中作此詞，未就而城破。嘗見殘稿，點染晦昧。心方危窘，不在書耳。」陳鵠《耆舊續聞》卷三則云：「蔡絛作《西清詩話》，載江南後主《臨江仙》，云圍城中書，其尾不全。以余考之，殆不然。余家藏李後主《七佛戒經》及雜書二本，皆作梵葉，中有《臨江仙》，塗注數字，未嘗不全。其後則書太白詩（《詞林紀事》引作「詞」）數章，似平日學書也。本江南中書舍人王克正家物，後歸陳魏公之孫世功君懋。余陳氏婿也。其詞云：『櫻桃落盡春歸去，蝶翻輕粉雙飛。子規啼月小樓西，玉鉤羅幕，惆悵暮煙垂。別巷寂寥人散後，望殘煙草低迷。爐香閑裊鳳凰兒，空持羅帶，回首恨依依。』後又蘇子由題云：『淒涼怨慕，真亡國之聲（《詞林紀事》引作「音」）也。』」近人夏承燾《南唐二主年譜》云：「據此，乃後主書他人詞，非其自作。」夏承燾對《耆舊續聞》原意理解疑誤。朱彝尊《詞綜》、俞陛雲《唐五代兩宋詞選釋》、梁令嫻《藝蘅館詞選》皆以此詞爲李煜作。

②櫻桃：指櫻桃花。櫻桃，因鶯鳥所含食，故名含桃、鶯桃，漢代始稱「櫻桃」。《禮記·月令》云仲夏之月，天子以含桃（即櫻桃）先薦寢廟。早在周代，皇帝就將櫻桃作爲祭獻祖宗的佳餚供奉宗

廟。李煜因國之將亡，宗廟難保，因有「櫻桃落盡」之哀。

③金粉：本意指婦女用於化妝的金鈿與鉛粉，此處借指蝴蝶的翅膀。又，《詞綜》等本作「輕粉」，指蝶粉，即蝶翅上的天生粉屑。蝶翻輕粉，指蝶翅翻動。唐李商隱《詠蝶》詩：「重傳秦臺粉，輕涂漢殿金。」唐温庭筠《偶題》詩：「紅垂果蒂櫻桃重，黄染花叢蝶粉輕。」

④子規：杜鵑鳥。《埤雅·釋鳥》：「杜鵑，一名子規。」唐杜甫《子規》詩：「兩邊山木合，終日子規啼。」啼月：在月夜啼叫。傳説子規爲蜀帝杜宇的魂魄所化。常夜鳴，聲音淒切，易使人難過，故藉以抒悲苦哀怨之情。

⑤畫簾：有畫飾的簾子。唐杜牧《懷鍾陵舊游》詩之三：「一聲明月採蓮女，四面朱樓捲畫簾。」珠箔：珠簾。《漢武故事》：「武帝起神室，以白珠織爲箔。」唐李白《陌上贈美人》詩：「美人一笑褰珠箔，遥指紅樓是妾家。」

⑥金泥：用於裝飾塗抹的金屑。唐孟浩然《宴張記室宅》詩：「玉指調箏柱，金泥飾舞裙。」此處當指金屑裝飾的珠簾。

⑦望殘：眼望殘破的景象。煙草：煙霧籠罩的草叢。亦泛指蔓草。唐黄滔《景陽井賦》：「臺城破兮煙草春，舊井湛兮苔蘚新。」宋謝逸《蝶戀花》詞：「獨倚闌干凝望遠，一川煙草平如剪。」低迷：迷濛，模糊不清。

⑧鳳凰兒：絲織品上有鳳凰圖畫的花紋圖景。唐施肩吾《抛纏頭詞》：「一抱紅羅分不足，參差裂

破鳳凰兒。」

【輯　評】

宋胡仔《苕溪漁隱叢話》：《西清詩話》云：南唐後主圍城中作長短句，未就而城破。詞云：「櫻桃落盡春歸去，蝶翻金粉雙飛。子規啼月小樓西，曲欄金箔，惆悵捲金泥。門巷寂寥人去後，望殘煙草低迷。……」余嘗見殘稿，點染晦昧，心方危窘，不在書耳。藝祖云：「李煜若以作詩工夫治國事，豈爲吾虜也！」苕溪漁隱曰：余觀《太祖實録》及《三朝正史》云：「開寶七年十月，詔曹彬、潘美等率師伐江南。八年十一月，拔昇州。」今後主詞乃詠春景，決非十一月城破時作。《西清詩話》云：「後主作長短句，未就而城破。」其言非也。然王師圍金陵凡一年，後主於圍城中春間作此詞，則不可知。是時其心豈不危窘？於此言之乃可也。

宋張邦基《墨莊漫録》：宣和間，蔡寶臣致君收南唐後主書數軸來京師，以獻蔡絛約之。其一乃王師收金陵，城垂破時，倉皇中作一疏，禱於釋氏，願兵退之後，許造佛像若干身，菩薩若干身，齋僧若干萬員，建殿宇若干所。其數皆甚多。字畫老草，然皆遒勁可愛。蓋危窘急中所書也。又有《看經發願文》，自稱蓮峰居士李煜。又有長短句《臨江仙》云：「櫻桃結子春歸盡，蝶翻金粉雙飛。子規啼月小樓西。玉鉤羅幕，惆悵捲金泥。門巷寂寥人去後，望殘煙草低迷。」而無尾句。劉延仲爲補之云：「何時重聽玉驄嘶。撲簾飛絮，依約夢回時。」

宋陳鵠《西塘集》、《耆舊續聞》卷三：蔡絛作《西清詩話》載江南李後主《臨江仙》，云圍城中書，其尾不全。以余考之，殆不然。余家藏李後主《七佛戒經》及雜書二本，皆作梵葉，中有《臨江仙》，塗注數字，未嘗不全。其後則書李太白詩數章，似平日學書也。本江南中書舍人王克正家物，後歸陳魏公之孫世功君懋。余，陳氏婿也。其詞云：「櫻桃落盡春歸去」（下略）。後有蘇子由題云：「凄涼怨慕，真亡國之聲也。」

明顧起元《客座贅語》卷五：李後主在圍城中猶作長短句，未就而城破。其詞云「櫻桃落盡春歸去（略）」。其詞是《臨江仙》，凄婉有致。

清徐釚《詞苑叢談》：《耆舊續聞》云：蔡絛作《西清詩話》，載江南李後主《臨江仙》云：「圍城中書，其尾不全。」以余考之，殆不然。余家藏李後主《七佛戒經》，又《雜書》二本，皆作梵葉。中有《臨江仙》，塗注數字，未嘗不全。其後則書太白詞數章，是平日學書也。本江南中書舍人王克正家物。歸陳魏公之孫世功君懋，余陳氏婿也。其詞云「櫻桃落盡春歸去」云云。後有蘇子由題云：「凄涼怨慕，真亡國之音也。」

清譚獻《譚評詞辨》卷二：「爐香」三句，疑出續貂。

清陳廷焯《雲韶集》卷一：凄涼景況曲曲繪出，依依不捨，煞是可憐。讀者爲之傷心。

清陳廷焯《詞則·別調集》卷一：低回留戀，宛轉可憐。傷心語，不忍卒讀。

俞陛雲《唐五代兩宋詞選釋》：宣和御府藏後主行書二十有四紙，中有《臨江仙》詞，按昇州被圍一年之久，詞中所云門巷人稀，淒迷煙草，想見吏民星散之狀，宜其低回羅帶，慘不成書也。

梁啟勛《詞學》下篇：真可謂亡國之音，又極含蓄藴藉之致。

詹安泰《李璟李煜詞》：這詞的大意，是從看到春盡時的景物引出自己難堪的情狀。

【評 析】

這是一首情景詞。此詞宋時傳有李煜手跡多種。開寶七年（九七四）末，北宋大軍攻金陵，次年十一月城破，南唐滅亡。舊説作於圍城時，而王仲聞《南唐二主詞校訂》云，宋人筆記所記「恐爲後主平時反復修改真跡，未必即爲圍城中作」。王説應該是有道理的。

上片寫外景，自日及暮，視綫則由内向外。首句「櫻桃」是初夏景物，「櫻桃」隨「春歸去」而「落盡」，令人極爲傷感。次句以粉蝶無知，雙飛取樂，來反襯詞人自己的悲傷和悔恨。三句轉寫日暮，用蜀主杜宇的典故進一步加深亡國的預感。四、五兩句，視綫由小樓的窗户向外，表明詞人倚窗銷愁，倚立已久，從落日之西下到暮煙已低垂還未離去，當然是惆悵至極。

下片寫内景。自暮入夜，視綫則由外轉内。首句寫小巷人散，初夜寂寥，而重在「寂寥」二字。次句「煙草低迷」寫外景，是上片「暮煙垂」的進一步擴展，而冠以「望殘」二字，則景中寓情，淒然欲絶。後三句視綫轉向室内，「爐香閑裊」本是宫中習見之物，但美人憔悴，空持羅帶，怎不令人「回首恨依依」呢！這真正是亡國之聲！

前人指出此詞工於用典，如「櫻桃」如「鳳凰兒」，若不加深究，亦能扣住眼前景物，可以説達到了深化無跡的境地。

望江南〔一〕①

多少恨，昨夜夢魂中：還似舊時游上苑〔二〕②，車如流水馬如龍③，花月正春風〔三〕。

多少淚，斷臉復橫頤〔四〕④。心事莫將和淚説〔五〕，鳳笙休向淚時吹〔六〕⑤，腸斷更無疑。⑥

【校勘記】

〔一〕《全唐詩》調作「憶江南」。此首詞《尊前集》、《全唐詩》、《歷代詩餘》均分爲二闋。

〔二〕「似」，《花間集補》作「是」。

〔三〕「月」，吳訥《唐宋名賢百家詞》本《尊前集》作「下」。

〔四〕「斷臉」，《全唐詩》作「霑袖」。

〔五〕「和」，吳訥本《尊前集》、《花草粹編》作「如」。「説」，《花草粹編》、《全唐詩》作「滴」。

〔六〕「淚」，同上作「月」。「時」，《全唐詩》作「明」。

【箋　注】

①此詞《尊前集》、《歷代詩餘》、《全唐詩》俱作兩首。

②上苑：皇家林園。南朝梁徐君倩《落日看還》詩：「妖姬競早春，上苑逐名辰。」《新唐書·蘇良嗣傳》：「帝遣宦者採怪竹江南，將蒔上苑。」

③車如流水馬如龍：形容車馬很多，來往不絕。《後漢書·明德馬皇后紀》：「前過濯龍門上，見外家問起居者，車如流水，馬如游龍。」唐蘇頲《夜宴安樂公主新宅》：「車如流水馬如龍，仙史高臺十二重。」

④斷臉：淚水縱横臉上。頤：臉頰。斷臉復横頤，指臉上淚水縱横交流。

⑤鳳笙：西漢劉向《列仙傳》：「蕭史者，秦穆公時人也。善吹簫，能致孔雀白鶴於庭。穆公有女，字弄玉，好之，公遂以女妻焉。日教弄玉作鳳鳴，居數年，吹似鳳聲，鳳凰來止其屋。公爲作鳳臺，夫婦止其上，不下數年。一旦，皆隨鳳凰飛去。」後人常用「鳳」來形容好的樂器。漢應劭《風俗通義·聲音·笙》：「《世本》：『隨作笙。』長四寸、十二簧、像鳳之身，正月之音也。」後因稱笙爲「鳳笙」。北魏酈道元《水經注·洛水》：「昔王子晉好吹鳳笙，招延道士與浮丘同游伊洛之浦。」唐韓愈《誰氏子》詩：「或云欲學吹鳳笙，所慕靈妃媲蕭史。」

⑥腸斷：極度悲傷。唐白居易《長恨歌》：「行宮見月傷心色，夜雨聞鈴腸斷聲。」

【輯　評】

明楊慎《詞品》卷二：唐詞「眼重眉褪不勝春」。李後主詞「多少淚，斷臉復横頤」，元樂府「眼餘眉剩」，皆祖唐詞之語。

清陳廷焯《詞則·别調集》卷一：後主詞一片憂思，當領會於聲調之外，君人而爲此詞，欲不亡國，得乎？

俞陛雲《五代詞選釋》：此詞在唐時爲單調，至宋時始爲雙調。後主詞本單調爲兩首，故前、後段各自用韻。「車水馬龍」句爲時傳誦。當年之繁盛，今日之孤淒，欣戚之懷，相形而益見，兩首意本一貫也。

劉永濟《唐五代兩宋詞簡析》：此二首爲李煜降宋後作。前首因夢昔時春游苑囿車馬之盛況，醒而含恨。後首乃念舊宫嬪妃之悲苦，因而作勸慰之語，故曰「莫將」、「休向」。更揣其此時必已腸斷，故曰「更無疑」。後主已成亡國之「臣虜」，乃不暇自悲而慰人之悲，亦太痴矣。昔人謂後主亡國後之詞，乃以血寫成者，言其語語真切，出於肺腑也。

詹安泰《李璟李煜詞》：這是李煜入宋後的作品。恨煞夢裏的繁華景象，怕提舊事，怕聽細樂，都深刻地表達出當時悲苦的心境。

唐圭璋《李後主評傳》：往事重温，惟有在片刻的夢中，此詞「還似」二字直貫到底，寫出當年春二三月寶馬香車的盛況。又《論詞作法》：夢中盛況，只用「還似」綰住，靈動異常。

唐圭璋《唐宋詞簡釋》：此首憶舊詞，一片神行，如駿馬馳阪，無處可停。所謂「恨」，恨在昨夜一夢也。昨夜所夢者何？「還似」二字領起，直貫以下十七字，實寫夢中舊時游樂盛況。正面不著一筆，但以舊樂反襯，則今之愁極恨深，自不待言，此類小詞，純任性靈，無跡可尋，後人亦不能規摹其萬一。此首直揭哀音，淒厲已極。誠有類夫春夜空山，杜鵑啼血也。斷臉橫頤，想見淚流之多。後主在汴，嘗謂此中日夕只以眼淚洗面，正可與此詞印證。心事不必再説，撇去一層；鳳笙不必再吹，又撇去一層。總以心中有無窮難言之隱，故有此沉憤決絶之語。「腸斷」一句，承上説明心中悲哀，更見人間歡樂，於己無分，而苟延殘喘，亦無多日，真傷心垂絶之音也。

【評　析】

這兩首詞當是歸宋後作。俞陛雲《五代詞選釋》詮釋最得要領：「『車水馬龍』句爲時傳誦。當年之繁盛，今日之孤淒，欣戚之懷，相形而益見，兩首意本一貫也。」

第一首回憶故國繁華，抒發亡國之痛。起句提問，開門見山。「昨夜夢魂中」道出怨恨之由。至於怨恨的具體内容，則欲言又止。兩句可謂迂迴曲折，令人牽腸掛肚。接下來三句均寫夢境，如行雲流水，將夢中情景傾瀉。臣妃迤邐隨行，車馬絡繹不絶，春光明媚，春花燦爛，白晝不足，繼之以夜，此夜花好月圓，其樂無窮。「花月」與「春風」之間，以一「正」字勾連，景之穠麗、情之濃烈，一齊呈現，而將此日上苑之游樂推向最高峰。詞至此卻戛然而止，讓讀者去思索這往日的狂歡給今日留下的巨大的悲傷。

第二首著重寫今日之孤淒。在短短二十七個字中，「淚」字凡三見。《默記》載李煜與金陵舊宫人書，云「此中日夕只以眼淚洗面」，可知此詞所描述的正是李煜囚居的日常生活。劉永濟以爲「念舊宫嬪妃之悲苦，因而作勸慰之語」，是很有見地的，觀其「莫將」、「休向」諸詞頗爲貼切。

清平樂〔一〕①

別來春半②，觸目愁腸斷〔二〕。砌下落梅如雪亂〔三〕③，拂了一身還滿。雁來音信無憑④，路遥歸夢難成。離恨恰如春草〔四〕，更行更遠還生⑤。

【校勘記】

〔一〕《續選草堂詩餘》、《古今詩餘醉》題作「憶別」。

〔二〕「愁」，晨本作「柔」。

〔三〕「下」，汲古閣《詞苑英華》本《尊前集》作「半」。

〔四〕「恰」，同上作「怯」。《續選草堂詩餘》、《古今詞統》、《全唐詩》作「卻」。

【箋 注】

①此首别見宋曹勛《松隱文集》卷四十，實誤入該集。

②春半：春天過去了一半。唐柳宗元《柳州二月榕葉落盡偶題》詩：「宦情羈思共凄凄，春半如秋意轉迷。」

③砌下：階下。落梅：白梅花，開放較遲，故春半才有落梅。

④雁來音信無憑：大雁來了，音信卻没有收到。《漢書·蘇武傳》：「昭帝即位。數年，匈奴與漢和親。漢求武等，匈奴詭言武死。後漢使復至匈奴，常惠請其守者與俱，得夜見漢使，具自陳道。教使者謂單于，言天子射上林中，得雁，足有係帛書，言武等在某澤中。使者大喜，如惠語以讓單于。單于視左右而驚，謝漢使曰：『武等實在。』」中國古代有雁足傳書的傳説，因此看到大雁就聯想到故人音信。無憑，没有憑信。

⑤「更行」句：二字一折，一句三折。「更」有不論怎樣的意思，言不論怎樣行得更遠，終是到處生長春草。

【輯 評】

清譚獻《譚評詞辨》卷二：「淚眼問花花不語，亂紅飛過鞦韆去」與此同妙。

清陳廷焯《雲韶集》卷一：歐陽公「離愁漸遠漸無窮，迢迢不斷如春水」，從此脱胎。

俞平伯《讀詞偶得》：落梅雪亂，殆玉蝶之類也，春分固猶有殘英。「砌下」兩句，戲謂之攝影法。

上下片均以折腰句結，「拂了一身還滿」，二折也，「更行更遠還生」，三折也。但如以逗號示之，便索然無味，雖不是黑漆斷紋琴，亦就斷紋以小洋刀深鑿之耳。此二句善狀花前癡立，悵悵何之，低徊幾許之神，似畫而實畫不到，詩情而兼有畫意者。梅英如霰，不着一語惜之何？亦似不暇惜落花矣。譚獻以歐陽修《采桑子》擬之，夫彼語有做作氣，曰「與此同妙」，似失。「雁來」句輕輕地說，「路遥」句虛虛地說，似夢之不成，乃路遠爲之，何其微婉歟。讀此覺趙德麟《錦堂春》「重門不鎖相思夢，隨意繞天涯」，便有傖夫氣息，彼語豈不工巧，然而後主遠矣。於愁則喻春水，於恨則喻春草，頗似重複，而「恰似一江春水向東流」，以長句一氣直下，「更行更遠還生」，以短語一波三折，句法之變換，直與春水春草之姿態韻味融成一片，外體物情，内抒心象，豈獨妙肖，謂之入神可也。雖同一無盡，而千里長江，滔滔一往；緜緜芳草，寸接天涯，其所以無盡則不盡同也。詞情調情之吻合，詞之至者也。後主之詞，此二者每爲不可分之完整，其本原悉出於自然，不假勉强，夫勉强而求合，豈有所謂不可分之完整耶？是以知其必出於自然也。無以言之，乃析言之，非制作之本也。

唐圭璋《李後主評傳》：上半闋寫落花。寫花中的人，依稀隱約，情境逼真。《楚辭·九歌》的《湘夫人》説：「帝子降兮北渚，目眇眇兮愁予。嫋嫋兮秋風，洞庭波兮木葉下。」正與此有同樣的妙處。下半闋寫情，與寫境相映，也更加生動。秦觀詞：「恨如芳草，萋萋剗盡還生。」正從後主的末句脱胎。

唐圭璋《唐宋詞簡釋》：此首即景生情，妙在無一字一句之雕琢，純是自然流露，豐神秀絶。起點時間，次寫景物。「砌下」兩句，即承「觸目」二字寫實。落花紛紛，人立其中，境乃靈境，人似仙人，拂了還滿，既見落花之多，又見描摹之生動，愁腸之所以斷者，亦以此故。中主是寫風裏落花；後主是寫花裏愁人，各極其妙。下片，承「別來」二字深入。別來無信一層，別來無夢一層。着末，又融合情景，説出無限離恨。眼前景，心中恨，打並一起，意味深長。少游詞云：「倚危亭，恨如芳草，萋萋剗盡還生。」周止庵（周濟）以爲神來之筆，實則亦襲此詞也。

詹安泰《李璟李煜詞》：這是在春天懷念遠人的作品。前段從春天憶別，觸景傷情説起。「砌下」兩句極力寫出撩亂情懷的景物，景物寫得愈突出，情緒體現得更飽滿。後段「雁來」句從這裏没有音信説；「路遥」句從對方難成歸夢説。結尾總説離恨綿綿無盡期。用春草的隨處生長來比離恨，很自然也很切合。這不但説明愁恨之多，「野火燒不盡，春風吹又生」（白居易句）的春草，在本質上和愁恨也有共通之點。何況「王孫游兮不歸，春草生兮萋萋」（《楚辭》：淮南小山《招隱士》句），春草本來就是引動離情的景物。這種又精深、又形象的手法的運用，是李煜的高度的藝術成就的一種表現，是值得我們仔細體會的。當然，對所憶念的人没有深摯的感情，根本就不可能産生這樣的作品。有人説，這是李煜憶念他弟弟從善入宋不歸的作品。我們把《卻登高文》聯繫起來看，這説法是可信的。

【評析】

這是一首抒寫離愁別恨的名篇。有説後主乾德四年（九六六），其弟從善入宋久不得歸，思念深苦，遂有此作。此詞妙在不拘泥於個人情事，以精彩絶倫的藝術表達營造出淒婉悱惻的抒情意境，從而表達出一種最普遍最抽象的離愁别恨。

上片即景生情。起首「别來」兩字突兀而來，如陰雲籠罩，統攝全篇。「春半」當然春光明媚，又怎麽會「觸目柔腸斷」呢？原因正在「别來」。第三、四句承「觸目」著筆，是寫實景，更是暗喻人事。俞平伯《讀詞偶得》謂這兩句，「善狀花前痴立，悵悵何之，低徊幾許之神，似畫而實畫不到，詩情而兼有畫意者」。愁恨之欲去還來正如落花之拂了還滿，如此情景交融的深婉境界，怎不令人「柔腸斷」呢？

下片重在抒情。「雁來」一句承篇首「别來」二字，看似平平，抒情境界也隨之拓展和深化了。「路遥歸夢難成」是千古奇句，無理而妙。俞平伯《唐宋詞選釋》説得最好：「夢的成否原不在乎路的遠近，卻説路遠以致歸夢難成，詞婉而意悲。」應該説，這樣的奇句，非眷想至深，感情至篤不能道出。結句愈翻愈奇，「離恨恰如春草，更行更遠還生」。「春草」既是喻象，又是景象，更是心象。離愁别恨好似越走越遠還生長茂盛的春草那樣無邊無際，這樣將取喻之物與被比之物的相似之處淋漓盡致地展現出來，因而産生出情景交融、情景合一的藝術效果。「更行更遠還生」二字一折，一句三折，句法特殊，一唱三嘆，充分傳達出詞人内心哀婉深曲、綿綿不絶的離愁别恨。

另外，全詞在語言的運用上多用白描，明淨自然，這也是該詞的藝術特點之一。

采桑子〔一〕

亭前春逐紅英盡〔二〕①，舞態徘徊②。細雨霏微〔三〕③，不放雙眉時暫開。緑窗冷靜芳音斷〔四〕④，香印成灰⑤，可奈情懷〔五〕⑥，欲睡朦朧入夢來。

【校勘記】

〔一〕《尊前集》注「羽調」。《花草粹編》、《續選草堂詩餘》、《古今詩餘醉》題作「春思」。

〔二〕「亭」，晨本作「庭」。

〔三〕「細」，呂本空格。蕭本作「零」。劉繼增《南唐二主詞箋》云「舊鈔本作「零」」。「微」，《尊前集》作「霏」。「霏微」，各本《尊前集》作「霏霏」，吴訥《唐宋名賢百家詞》本誤作「非非」。

〔四〕「音」，晨本作「英」。吴訥《唐宋名賢百家詞》本《尊前集》作「春」。

〔五〕「奈」，《花草粹編》作「賴」。吴本誤作「奎」。

【箋注】

① 紅英：紅花。

②徘徊：此處指花飛舞的姿態，迴旋打轉。《荀子·禮論》：「今夫大鳥獸則失亡其群匹，越月踰時，則必反鉛，過故鄉，則必徘徊焉，鳴號焉，躑躅焉，踟躕焉，然後能去之也。」楊倞注：「徘徊，迴旋飛翔之貌。」

③霏微：雨雪細小的樣子。《詩經·小雅·采薇》：「雨雪霏霏。」唐李端《巫山高》詩：「回合雲藏日，霏微雨帶風。」

④芳音：佳音，指好消息。

⑤香印：即印香，是用多種香料搗末和勻做成的一種香。一般製成篆文「心」字形狀，點其一端，依香上的篆形印記，燒盡計時。唐白居易《酬夢得以予五月長齋延僧徒絶賓友見戲十韻》詩：「香印朝煙細，紗燈夕焰明。」王建《香印》詩：「閑坐印香燒，滿户松柏氣。」

⑥可奈：怎奈，無奈。

【輯評】

清陳廷焯《詞則·别調集》卷一：幽怨。

俞陛雲《唐五代兩宋詞選釋》：眉頭不放暫開，殆受歸朝後禁令之嚴，微有怨詞耶？

詹安泰《李璟李煜詞》：這是春天懷人的詞。前段説落花飛舞，細雨迷濛，觸動了愁懷。後段説静待消息，無可奈何，形於夢寐。

【評　析】

這首詞的主旨是傷春懷人。

上片主要寫傷春。首二句寫春暮落花，「舞態徘徊」當然是描繪迴旋飄轉的飛花，不過也讓人聯想到伊人的輕盈姿態。第三句「細雨霏微」渲染環境，然後自然歸結到第四句的春愁。其實上片就是從杜甫「一片花飛減卻春，風飄萬點正愁人」化出。

下片主要寫懷人。首句點明春愁的原因是「芳音斷」。第二句「香印成灰」含義有兩層，一是窗前靜待已久，焚香已盡；二是痴心已灰。因爲古時盤香往往製爲「心」形。與唐李商隱「蠟炬成灰淚始乾」同一機杼。末兩句是説，雖然無可奈何，但還是丢抛不下，形之於夢。

喜遷鶯

曉月墜〔一〕①，宿雲微〔二〕②，無語枕頻欹〔三〕。夢回芳草思依依〔四〕③，天遠雁聲稀④。　啼鶯散，餘花亂⑤，寂寞畫堂深院〔五〕⑥。片紅休掃盡從伊⑦，留待舞人歸。

【校勘記】

〔一〕「曉」，侯本作「晚」。「墜」，晨本作「墮」。

〔二〕「雲」，《尊前集》、《歷代詩餘》、《詞譜》作「煙」。

〔三〕「頻」，吴本、侯本、晨本、《花草粹編》作「憑」，粟本注「憑」疑當作「頻」。

〔四〕「思」，汲古閣《詞苑英華》本《尊前集》無此字。

〔五〕「院」，吴本《尊前集》誤作「浣」。

【箋　注】

①曉月：拂曉的殘月。南朝宋謝靈運《廬陵王墓下作》詩：「曉月發雲陽，落日次朱方。」唐李群玉《自澧浦東游江表》詩：「哀碪擣秋色，曉月啼寒螿。」

②宿雲：夜間的雲氣。曉月墜，宿雲微，是天快要亮時殘月將息，雲氣將散的景象。唐宋之問《早發始興江口至虚氏村作》詩：「宿雲鵬際落，殘月蚌中開。」

③芳草：常指代所憶念之人。如牛希濟《生查子》詞：「記得緑羅裙，處處憐芳草。」依依：依依不捨。《玉臺新詠》之《古詩爲焦仲卿妻作》：「舉手長勞勞，二情同依依。」

④天遠雁聲稀：天高雁聲稀少。雁能傳書，此句意謂既然大雁都來得少，愛人的消息就更得不到了。

⑤餘花：殘花，指暮春尚未凋零的花。南朝齊謝朓《游東田詩》：「魚戲新荷動，鳥散餘花落。」

⑥畫堂：華麗的廳堂。南朝梁簡文帝《餞廬陵内史王修應令》詩：「迴池瀉飛棟，濃雲垂畫堂。」唐

崔顥《王家少婦》詩：「十五嫁王昌，盈盈入畫堂。」

⑦ 盡從伊：都任由他去。伊，指代花。

【輯　評】

俞陛雲《唐五代兩宋詞選釋》：此二詞（指此首及《采桑子》（亭前春逐紅英盡））殆亦失國後所作。春晚花飛，宮人零落，芳訊則但祈入夢，落紅則留待歸人，皆描寫無聊之思。

詹安泰《李璟李煜詞》：這是抒寫懷念一個歡愛的女子的小詞。前半是説通宵夢想，消息沉沉，很覺難過。後半更從冷靜堂院同時又是滿地艷紅的極不調和的氛圍中描繪出矛盾衝突的心境。這樣，儘管有觸目傷心的落花（過去的人是把花象徵美人，落花象徵美人的遭遇的）也就索性不掃了。爲什麽不掃落花呢？第一，要留給歡愛的人看看，好花到了這個地步是多麽可惜，來引起她的警惕；第二，要讓歡愛的人明白，惜花的人對此又是多麽難堪，來引起她的憐惜。總之，希望從這裏來感動她，以後不再遠離。説來雖很簡單，意義卻很深長的。陸淞《瑞鶴仙》詞有這麽一段：「陽臺路回（一作『遠』），雲雨夢，便無準。待歸來，先指花梢教看，卻把心期（心願）細問，問因循（隨隨便便，不稍改變）過了青春，怎生意穩（安）？」説得很透闢，雖懷念的對象有所不同，表達男女間的心情，正可互相印證。

【評　析】

這是一首寫春夢殘醒後思念佳人的詞。玩其語意，當作於降宋以前。

上片逆筆寫夢醒情狀。首兩句爲對偶句寫景，墜月餘暉，微雲抹岫，已帶幾分惆悵。第三句過渡，寫自己默默輾轉枕席。四五句寫回想夢中情景，嘆美人芳草，伴隨着漸飛漸遠的雁聲（隱喻書信難傳），已是杳然難尋。

下片寫暮春寂寞，懷人心切。前三句筆墨飛動，在寂寞中生出波瀾。明寫傷春，暗寓懷人。結尾兩句從平易中拓開奇境：留下這片落花鋪就的地毯吧，總有一天，可心的「舞人」歸來，會在這裏翩翩起舞。「舞人歸」的虛象，隱約地填補了夢中空白，曲折地表達了思念深情，寫得十分飄忽朦朧。

全詞豪放而不粗獷，婉轉而不纖弱。尤其是筆墨飛動，意象迭加，如行雲流水，無跡可尋。

烏夜啼〔一〕①

林花謝了春紅②，太匆匆〔二〕。常恨朝來寒雨晚來風〔三〕。　胭脂淚③，留人醉〔四〕，幾時重。自是人生長恨水長東〔五〕④。

【校勘記】

〔一〕《樂府雅詞》調作「憶真妃」。《詞綜》、《全唐詩》作「相見歡」。

〔二〕「匆匆」，吴本誤作「忽忽」。

〔三〕「常恨」，晨本、《樂府雅詞》、《花草粹編》、《詞綜》、《歷代詩餘》、《全唐詩》作「無奈」。「雨」，吴本、侯本空格。吕本、蕭本作「重」。兹從晨本與《樂府雅詞》等作「雨」。「晚」，吴本作「曉」。

〔四〕「留人」，《樂府雅詞》、《花草粹編》、《詞綜》、《歷代詩餘》、《全唐詩》作「相留」。

〔五〕「自是」，《樂府雅詞》作「到了」。清秦恩復《詞學叢書》本《樂府雅詞》作「自是」，注「原本『到了』二字誤」。

【箋注】

①烏夜啼：又名《相見歡》。此詞别見《樂府雅詞拾遺》卷下，無撰人姓名。《詞學叢書》本注云「李後主作」。

②林花：林中之花。唐杜甫《曲江對雨》詩：「林花著雨胭脂濕。」謝：凋落；衰退。此句意爲林花已經褪去了紅艷的色彩。春紅：春天的花朵。唐李白《怨歌行》詩：「十五入漢宫，花顔笑春紅。」

③胭脂淚：紅淚。女人搽過胭脂後流淚，淚水即爲紅色。此句承上而言落花，花朵帶露亦成紅色，

因此語意雙關。

④ 自是：本是。

【輯　評】

清譚獻《譚評詞辨》卷二：前半闋濡染大筆。

清陳廷焯《詞則·大雅集》卷一：後主詞淒婉出飛卿之右，而騷意不及。

俞陛雲《唐五代兩宋詞選釋》：後主爲樊若水所賣，舉國與人。詞借傷春爲喻，恨風雨之摧花，猶逆臣之誤國，迨魁柄一失，如水之東流，安能挽滄海尾閭，復鼓回瀾之力耶！

劉永濟《唐五代兩宋詞簡析》：此亦李煜降宋後作。上半闋表面似惜花，實乃自悲如林花已謝，且謝得「太匆匆」，而朝雨、晚風尚摧殘之不已，故曰「無奈」。下半闋因念，今日雖欲求如臨别之時淚眼留醉亦不可得矣，何況重返故國，故曰「人生長恨」如「水長東」。

詹安泰《李璟李煜詞》：這首詞怕也是李煜入宋後所作。前段寫景物，雖是寫客觀的景物，但用「太匆匆」，用「無奈」，句意便轉向主觀的感受，而不是徒作客觀的描寫。融景入情，景爲情使，是抒情而不是體物，景物只是作者所選用的素材，雖是特殊而帶有普通的意義。讀者在這裏所感染到的是美好的東西横遭摧毁，並不限於「林花」，「林花」的命運如此，其他和「林花」同樣命運的都如此。後段轉到人事，把「林花」值得留戀比像女人留醉，也是舉出一種最悽艷動人的事件來説的，個别而帶有一般的性質，不局限於這一事件。從這些方面去理解，就有足够的力量來表現「人生長恨水長東」這樣的一個意義極爲深廣的主題思想了。

俞平伯《讀詞偶得》：調亦作《烏夜啼》，以後主詞中另有《烏夜啼》，同名異實，故今題作《相見歡》。調凡五韻，上三下二，其轉折處同，此調五段若一氣讀下，便如直頭布袋，煮鶴焚琴矣。必須每韻作一小頓挫，則調情得而詞情即見。詞之至佳者，兩者輒融會不分，此固余之前説也，得此而愈明。此詞全用杜詩「林花著雨胭脂濕」，卻分作兩片，可悟點化成句之法。上片只三韻耳，而一韻一折，猶書家所謂「無垂不縮」，特後主氣度雄肆，雖骨子裏筆筆在轉换，而行之以渾然元氣。譚獻曰：「濡染大筆。」殆謂此也。首叙，次斷，三句溯其經過因由，花開花謝，朝朝暮暮，風風雨雨，片片絲絲，包孕甚廣。試以散文譯之，非恰好三小段而何？下片三短句一氣讀。忽入人事，似與上片斷了脈絡。細按之，不然。蓋「春紅」二字已遠爲「胭脂」作根，而匆匆風雨，又處處關合「淚」字。春紅著雨，非胭脂淚歟，心理學者所謂聯想也。結句轉爲重大之筆，與「一江春水」意同，因此特沉著。後主之詞，兼有陽剛陰柔之美。

唐圭璋《唐宋詞簡釋》：此首傷别，從惜花寫起。「太匆匆」三字，極傳驚嘆之神，「無奈」句，又轉怨恨之情。説出林花所以速謝之故，朝是雨打，晚是風吹，花何以堪，人何以堪。説花即以説人。語固雙關也。「無奈」二字，且見無力護花，無計回天之意。一片珍惜憐愛之情，躍然紙上。下片，明點人事，以花落之易，觸及人别離之易。花不得重上故枝，人亦不易重逢也。「幾時重」三字輕頓；

「自是」句重落。以水之必然長東，喻人之必然長恨，語最深刻。「自是」二字，尤能揭出人生苦悶之義藴，與「此外不堪行」、「腸斷更無疑」諸語，皆重筆收來，沉哀入骨。

唐圭璋《屈原與李後主》：以水必然長東，以喻人之必然長恨。沉痛已極。

【評　析】

這是一首傷春的小令，語言清新，沉哀入骨，意味深長，是李煜降宋後所作。此詞春怨，因不敢明抒懷念故國之情，而託之以閨人離思。然而因描繪了春殘花謝的自然景象，抒寫了一種美好事物或理想轉瞬即逝、無法追回的人類同憾共恨，極富通感，令人千載之下讀之，亦產生强烈的共鳴。

上片言春歸，三韻三句，一句一轉，層層深入，愈轉愈深。起句寫出春殘花謝的衰敗景象，這本是一種無關人事的自然規律，但接以「太匆匆」三字，則表現出在有情人眼中，苦恨春短，不禁爲之深長嘆息。第三句寫春去時且兼以無情風雨的横加摧殘，令人可憐可痛。「無奈」兩字，與前面的「謝」、「太」一樣，一字千斤，既是對在朝風晚雨殘酷襲擊下「林花」凋謝的必然性揭示，也是凋謝的「林花」的自嘆與詞人的哀嘆，至此，「物」、「我」已渾然一體了。

下片言别，充滿好景不再的哀愁和人生痛苦的怨恨。「胭脂淚」三字從杜詩「林花著雨胭脂濕」化出，故既可説是美人垂淚，也可説是林花帶雨，亦人亦物，已臻幻境，與白居易「梨花一枝春帶雨」有同工之妙。而此詞是以這位亡國之君自己的生活經歷爲基礎，寄託其人生的痛苦體驗，傾注着其全部心血而吟哦的，因此他能够移情於物，使情景交融，物我一體。「留人醉」之「醉」，不是説酒醉，而是説悲淒之極，心如迷醉。「幾時重」一詞，表面上詞人似乎只是在問「林花」何日重開，實際上卻是在問失去的帝王生活何時重來。於是逼出末句，似開閘之水，奪路狂奔。就傷春傷别轉爲深沉的人生思考，提出「人生長恨水長東」的新論。言淺意深，語短情長，在後世讀者中往往引起心靈的震撼。

長相思〔一〕①

曾端伯集《雅詞》〔二〕，以爲孫肖之作〔三〕，非也〔四〕。

雲一緺〔五〕②，玉一梭〔六〕③。淡淡衫兒薄薄羅〔七〕④。輕顰雙黛螺〔八〕⑤。秋風多〔九〕，雨相和〔一〇〕。簾外芭蕉三兩窠〔一一〕，夜長人奈何〔一二〕！

【校勘記】

〔一〕《樂府雅詞》調作「長相思令」。

〔二〕「集」，吴本誤作「喜」。

〔三〕「肖」，吴本作「質」，蕭本、晨本作「霄」。

〔四〕侯本此注在詞後。又，《續選草堂詩餘》、《古今詞統》、《古今詩餘醉》題作「佳人」。

〔五〕「緺」，《樂府雅詞》作「鬝」、《陽春白雪》、《浩然齋雅談》作「窩」。粟本誤作「羅」。

〔六〕「梭」，蕭本作「梳」。案「梭」「梳」異韻，蕭鈔本誤。「雲一緺，玉一梭」，《龍洲集》、《龍洲詞》作「玉一梭，雲一窩」。吴訥《唐宋名賢百家詞》本《龍洲詞》「玉」誤作「女」。

〔七〕「衫兒」，《龍洲集》、朱祖謀《彊村叢書》本《龍洲詞》、《陽春白雪》作「春衫」。吴訥《唐宋名賢百家詞》本《龍洲詞》作「春山」。

〔八〕「螺」，《龍洲集》、《浩然齋雅談》、《陽春白雪》作「蛾」。「黛螺」，《龍洲集》作「翠娥」。「娥」字疑「蛾」字之誤。

〔九〕「秋風」，《龍洲集》、《龍洲詞》、《陽春白雪》作「風聲」。「多」，吴訥《唐宋名賢百家詞》本《龍洲詞》誤作「低」。《彊村叢書》本空格。

〔一〇〕「相」，《續選草堂詩餘》、《古今詞統》、《古今詩餘醉》、《歷代詩餘》、《全唐詩》作「如」。《龍洲集》、《龍洲詞》、《陽春白雪》作「聲」。「和」，《龍洲集》、《彊村叢書》本《龍洲詞》作「多」。《唐宋名賢百家詞》本《龍洲詞》誤作「低」。

〔一一〕「簾」，《樂府雅詞》、《龍洲集》、《龍洲詞》、《陽春白雪》作「窗」。「兩」，蕭本作「四」。「窠」，蕭本、《龍洲集》作「棵」。

〔一二〕「人」，《龍洲集》、《龍洲詞》作「爭」。

【箋注】

①據王仲聞按語，此詞别見《樂府雅詞拾遺》卷上，與孫肖之《點絳唇》「煙洗風梳」一首相銜接，無撰人姓氏（《詞學叢書》本《樂府雅詞》注云「一作李後主詞」）。曾慥《樂府雅詞》序云「此外又有百餘闋，平日膾炙人口，咸不知姓名，則類於卷末，以俟詢訪，標目『拾遺』云」，是《樂府雅詞拾遺》所收各詞，原無撰人姓名。傳本《樂府雅詞拾遺》兩卷有多首署有作者姓名，未知係後人所加，抑曾慥後來補題。惟南宋人輯《南唐二主詞》時所見《樂府雅詞拾遺》，必已有若干首題有作者姓名，故有「曾端伯集《雅詞》，以爲孫肖之作，非也」之説。《苕溪漁隱叢話》前集卷五十九云「曾端伯慥編《樂府雅詞》，以梅詞《點絳唇》爲洪覺範作」。此詞見《樂府雅詞拾遺》卷上。無撰人姓氏，再前爲洪覺範詞，是胡仔所見《樂府雅詞拾遺》已與今本相同。

②雲一緺：一束頭髮。雲，指頭髮。緺，古時女子頭髮一束爲緺。

③玉一梭：梭形的玉質髮飾。

④淡淡：顔色淺淡。衫兒：泛指上衣。羅：羅裙，絲質的裙子。

⑤輕顰：微微皺眉。黛螺：即螺黛。六朝婦女涂眉的顔料。《隋遺録》：「殿腳女爭效爲長蛾眉，司宫吏日給螺子黛五斛，號爲蛾緑。螺子黛出波斯國。」詞中多借指眉毛。如後此歐陽修《阮郎歸》：「淺螺黛，淡胭脂，閑妝取次宜。」

【輯　評】

明沈際飛《草堂詩餘續集》卷上：「多」字「和」字妙。「三兩窠」亦嫌其多也。

明卓人月《古今詞統》卷三：徐士俊云「雲一緺，玉一梭」緣飾尤佳。

清陳廷焯《雲韶集》卷一：字字綺麗，結五字婉曲。

清陳廷焯《詞則·閑情集》卷一：情調淒婉。

清潘游龍《古今詩餘醉》：「多」字、「和」字妙；「三兩窠」，亦嫌其多也，妙妙！

詹安泰《李璟李煜詞》：這詞是描寫所懷念的一個女子的容貌、裝束、意態和自己的難堪的心情。前段勾劃了一個乖巧玲瓏、豐韻很好的女子的形象。後段從一個秋夜裏風雨打動了芭蕉的特殊環境中表達出懷念這女子的難堪的心情。抒情重點在結句。由於先塑造了足以觸動情懷的周遭景物，然後才歸結到無可奈何的情況，這情況便具有足够的感染力量。有人認爲只是客觀的描寫，前半寫一個值得愛慕的女子，後半是寫她的環境和心情，也可通。

唐圭璋《李後主評傳》：前疊寫出美人的顔色、服飾、輕盈裊娜，正是一個「梨花一枝春帶雨」的美人，而後疊拿風雨的環境，襯出人的心情，濃淡相間，深刻無匹。

【評　析】

這是一首描寫宫人的小詞，遣詞用句十分清俊。上片以儀表裝飾，勾勒人物情態。而「輕顰」兩字，又逗出一絲情愫。下片揭示「輕顰」之由，以秋風秋雨，烘託孤寂心境。潘游龍《古今詩餘醉》卷十二云：「『多』字、『和』字妙；『三兩窠』亦嫌其多也，妙妙！」這就是説，在孤寂者的心目中，一切都是繁雜的、多餘的。

擣練子令①　出《蘭畹曲會》〔一〕

深院靜，小庭空，斷續寒砧斷續風②。無奈夜長人不寐〔二〕，數聲和月到簾櫳③。

【校勘記】

〔一〕「會」，晨本作「令」。侯本此注在詞後。又，晨本詞後注「此詞見《西清詩話》」，恐即下首原注，《南詞》本誤附此詞之後。又，《花草粹編》題作「聞砧」。《續選草堂詩餘》、《古今詞統》題作「秋閨」。《詞的》題作「本意」。

〔二〕「無奈」，《尊前集》、《嘯餘譜》、《南詞新譜》作「早是」。「寐」，同上作「寢」。

【箋　注】

① 此詞又作馮延巳詞，見於《尊前集》、《嘯餘譜》卷九（《南曲譜》卷二十雙調）、《南詞新譜》卷二十

二(雙調引子)、《詞譜》卷一。但馮詞《陽春集》未載。

②砧:搗衣石。婦女在搗衣時容易不由自主地想起遠方的丈夫,而秋風吹起,天氣寒涼就更增添了人的愁情,因此有「寒砧」之説。唐沈佺期《古意呈補闕喬知之》詩:「九月寒砧催木葉,十年征戍憶遼陽。」唐杜甫《客舊館》詩:「風幔何時捲,寒砧昨夜聲。」

③簾櫳:泛指門窗上掛的簾子。南朝宋謝惠連《七夕詠牛女》詩:「落日隱簷楹,升月照簾櫳。」

【輯評】

明杨慎《詞品》:李後主《搗練子》云「深院静」云云,詞名《搗練子》,即詠搗練,乃唐詞本體也。

清陳廷焯《雲韶集》卷一:古人以詞名爲題,他本增「秋瀾」二字,殊屬惡劣。

俞陛雲《五代詞選釋》:曲名《搗練子》,即以詠之,乃唐詞本體。首二句言聞搗練之時,院静庭空,已寫出幽悄之境。三句賦搗練。四、五句由聞砧者説到砧聲之遠遞。通首賦搗練,而獨夜懷人情味,摇漾於寒砧繼續之中,可謂極此題之能事。楊升庵(慎)謂舊本以此曲爲《鷓鴣天》之後半首,尚有上半首云:「塘水初澄似玉容,所思還在别離中。誰知九月初三夜,露似珍珠月似弓。」案《鷓鴣天》調,唐人罕填之。況塘水四句,全於搗練無涉,升庵之説未確。但露珠月弓,傳誦詞苑,自是佳句。

王國維《南唐二主詞》校勘記云:「可憐九月初三夜,露似珍珠月似弓」,此樂天《暮江吟》後二句，見《白氏長慶集》卷十九。後主不應全襲之。且《鷓鴣天》下半闋，平仄亦與《搗練子》不合，顯係明人贗作（指楊慎所謂的上半首）。

詹安泰《李璟李煜詞》：這是一首離情別感的集中表現。院靜庭空，風寒襲人，砧聲不斷，月照簾櫳——每一種情景都是能够引動離情別感的，作者只用「無奈夜長人不寐」一句，就像紅絲般把這一切情景都串連起來，這不寐人的離懷別感的深度和强度就突現在人們的眼前。這種運用高度概括的藝術手法來表現無比深厚的思想感情，正是古典作家的傑出的成就。

唐圭璋《屈原與李後主》：後主始無奮鬥之志，後亦不思奮鬥，平居貪歡作樂，國危則日夜戚傷。其《搗練子》云：「無奈夜長人不寐」，《相見歡》云：「無奈朝來寒雨晚來風」，朝朝暮暮，只覺無奈。

唐圭璋《唐宋詞簡釋》：此首聞砧而作，起兩句，叙夜間庭院之寂靜。「斷續」句叙風送砧聲，庭愈空，砧愈響。長夜迢迢，人自難眠，其中心之悲哀，亦可揣知。「無奈」二字，曲筆徑轉，貫下十二字，四層含意。夜既長，人又不寐，而砧聲、月影，得並赴目前，此境凄迷，此情難堪矣。楊升庵謂此乃《鷓鴣天》下半闋，然平仄不合，楊説殊不可信。

【評　析】

這是一首傷秋的小令。

起首兩句「深院靜，小庭空」，渲染出景物環境，其中「靜」和「空」分别訴諸聽覺和視覺，營造出幽靜寂寥、空虛冷漠的環境，看似狀景，其實也是主人公内心世界的寫照。第三句是全詞的核心。遺詞造句十分生動，因爲風力時强時弱、時有時無，才使人感到「斷續寒砧斷續風」。接下寫不寐人心潮難平，思緒紛亂。結句寫得很樸素，洗盡鉛華，用單調的砧聲和清朗的月光喚起讀者對一個孤獨無眠者的惆悵和同情。

這首小令的創作意旨當然難以窺探，但通過描寫深院小庭夜深人靜時傳來的風聲、搗衣聲，以及映照着簾櫳的月色，刻意營造出一種幽怨欲絶的意境，則是能使千載以下的讀者深受感染的。

浣溪沙　此詞見《西清詩話》〔一〕

紅日已高三丈透〔二〕①，金爐次第添香獸〔三〕②，紅錦地衣隨步皺〔四〕③。　佳人舞點金釵溜〔五〕④，酒惡時拈花蕊嗅〔六〕⑤，別殿遥聞簫鼓奏〔七〕⑥。

【校勘記】

〔一〕「詞」，吴本、侯本作「詩」。又，侯本此注在詞後。晨本無此注，誤附上首後。

〔二〕「紅」，《類説》、《捫蝨新話》、《詩人玉屑》、《詩話總龜》作「簾」。「三丈」，《類説》卷三十五引《摭遺》作「丈五」。

〔三〕「金爐」，《詩話總龜》作「佳人」。

〔四〕「皺」，明刻本《類説》卷三十四誤作「雛」。

〔五〕「點」，吕本作「黠」。蕭本作「急」。《類説》、《詩人玉屑》、《詩話總龜》作「徹」。粟本注云「『點』疑當作『颭』」。

〔六〕「惡」，《詩話總龜》作「渥」。「拈」，吴本、侯本作「沾」（粟本仍作「拈」）。《捫蝨新話》作「將」。

〔七〕「遥」，《類説》卷三十四引《摭遺》、《捫蝨新話》作「時」。《類説》卷五十六引《古今詩話》、《詩人玉屑》、《詩話總龜》作「微」。

【箋注】

①透：過。三丈透，即日上三竿。按《浣溪沙》本用平韻，用仄韻始自此詞。

②次第：依次、前後。唐白居易《東坡種花》詩：「白果参雜種，千枝次第開。」唐杜牧《過華清宫》詩：「長安回望繡成堆，山頂千門次第開。」香獸：指用炭屑匀和香料製成的獸形的香餅。《晉書·外戚傳·羊琇》：「琇性豪侈，費用無復齊限，而屑炭和作獸形以温酒，洛下豪貴咸競效之。」唐孫肇《題北里妓人壁》詩：「寒繡衣裳餉阿嬌，新團香獸不禁燒。」又作「獸香」，如後周邦彦《少年游》詞：「錦幄初温，獸香不斷，相對坐調笙。」

③地衣：地毯。唐白居易《紅繡毯》詩：「地不知寒人要暖，少奪人衣作地衣。」紅錦地衣即用紅色

錦緞製成的地毯。隨步皺：隨着腳步起皺。

④舞點：按照鼓點的節拍起舞。唐南卓《羯鼓録》：「上（玄宗）洞曉音律，若製作諸曲，隨意即成，不立章度，取適短長，應指散聲，皆中點拍。」溜：滑脱。

⑤酒惡：酒醉，亦稱爲「中酒」。宋趙令畤《侯鯖録》卷八：「金陵人謂『中酒』曰『酒惡』。」此處後主用俗語、鄉語入詞。

⑥别殿：正殿以外的殿堂，是帝王的居所。南朝宋顔延之《三月三日曲水詩序》：「離宫設衛，别殿周徼。」唐王勃《春思賦》：「洛陽宫城紛合沓，離房别殿花周匝。」簫鼓：簫與鼓。泛指樂奏。南朝梁江淹《别賦》：「琴羽張兮簫鼓陳，燕趙歌兮傷美人。」

【輯評】

宋陳善《捫虱新語》：帝王文章，自有一般富貴氣象。國朝，江南遣徐鉉來朝，欲以求勝。至誦後主風月詩云云。太祖皇帝但笑曰：「此寒士語耳！吾不爲也。吾微時，夜自華陰道逢月出，有句云：『未離海底千山暗，才到中天萬國明。』」鉉聞不覺駭然驚服。太祖雖無意爲文，然出語雄健如此。以予觀李氏據江南全盛時，宫中詞曰「簾日已高三丈透」云云，議者謂與「時挑野菜和根煮，旋斫生柴帶葉燒」者異矣。然太祖一日與朝臣議論不合，嘆曰：「安得桑維翰者與之謀事乎！」左右曰：「維翰愛錢。」太祖曰：「措大家眼孔小，賜與十萬貫，則塞破屋矣。」以此言之，不知彼所謂金爐、香獸、紅錦、地衣，當費幾萬貫？此語得無是措大家眼孔乎？

宋趙令畤《侯鯖録》：金陵語「中酒」曰「中惡」。則知李後主詩「酒惡時拈花蕊嗅」，用鄉人語也。

宋李頎《古今詩話》：歐公云：詩源於心，貧富愁樂，皆係其情。江南李氏宮中詩曰：「紅日已高三丈透」（下略）與夫「時挑野菜和根煮，亂斫生柴帶葉燒」異矣。（引見郭紹虞《宋詩話輯佚》）。

清賀裳《皺水軒詞筌》：寫景文工者，如尹鶚「盡日醉尋春，歸來月滿身」，李重光「酒惡時拈花蕊嗅」，（節）皆入神之句。

清沈雄《古今詞話》詞辨卷上：李後主用仄韻，「紅日已高三丈透」固是絶唱。

俞陛雲《唐五代兩宋詞選釋》：《捫虱新話》云：「帝王文章，自有一般富貴氣象。」此語誠然。但時至日高三丈，而爐始添獸炭；宮人趨走，始踏皺地衣，其倦勤晏起可知。恣舞而至金釵溜地，中酒而至嗅花爲解，其酣嬉如是而猶未滿足，簫鼓尚聞於别殿。作者自寫其得意，爲穆天子之樂未央，適示人以荒宴無度。寧止楊升庵譏其忒富貴耶？但論其詞，固極豪華妍麗之致。

劉永濟《唐五代兩宋詞簡析》：此南唐未亡前李煜所寫宮中行樂之詞。此時江南，生産力已發達，統治者享受極其侈靡。錦作地衣，即其證。

詹安泰《李璟李煜詞》：這是李煜描寫自己一種荒唐放肆的生活，應該是他前期的作品。篇中都是實際生活的描寫，因而也就真實地反映了封建帝王縱情逸樂的醜態。開首從太陽已經升得高高了還如何如何説起，令人想見這是通宵達旦的情況，這就把縱情逸樂的時間拉長了。中間對當時豪華的設置和狂舞，醉酒的情態已經作了精細的刻劃，末了還飛來一陣别殿的簫鼓聲，令人想見帝王家裏的生活方式到處都是這樣，這又把縱樂的範圍擴大了。這麽一來，描寫的對象雖是一時一地的情況，但在反映某種生活上仍具有概括集中的典型意義。

唐圭璋《唐宋詞簡釋》：此首寫江南盛時宫中歌舞情況。起言，紅日已高，點外景。次言金爐添香，地衣舞皺，皆宫中事。换頭承上，極寫宴樂。金釵舞溜，其舞之盛可知。花蕊頻嗅，其醉之甚可知。末句，映帶别殿簫鼓，寫足處處繁華景象。

唐圭璋《李後主評傳》：所抒之情，不外在江南時歡樂之情與在宋都時悲哀之情。

龍榆生《南唐二主詞叙論》：描寫宫中豪侈生活者如《浣溪沙》（詞略）。後二首（本闋及《玉樓春》「晚妝初了明肌雪」）則富麗中饒有清氣，想見後主前期生活之舒適。

【評　析】

南唐覆亡前，江南生産力高度發展，物産豐富，統治階級更加窮奢極欲，詞中「紅錦地衣」云云即是明證。此詞寫宫中宴樂，主要是觀舞，當是李煜早期生活的剪影。

上片首句概括了許多畫面以外的豪華生活。按李白《烏棲曲》言吴王作長夜之飲：「吴歌楚舞歡未畢，青山欲銜半邊日。」此詞首句説日高三丈，亦是通宵達旦的歌舞，且有「歡娱嫌夜短」之意，拉長了縱情逸樂的時間跨度。次句、三句從輕歌曼舞中截取了兩個富貴氣十足而又富表現力的生活畫面。「次第添」三字，將「金爐」陳設之多，歌舞歷時之久，都透露了出來，「隨步皺」三字，將舞女的輕盈，舞步的明快，都展現無遺。

下片重點描寫佳人舞後的神情及微醉的嬌態。「舞點」就是「舞徹」，即跳完了一支舞曲。舞女在激烈的舞蹈運作中，髮髻不免鬆散，不覺金釵滑落；多喝了幾杯，感到「酒惡」，就聞花醒酒，她們的整個形象和豐韻都在「拈」字和「嗅」字兩個帶戲劇性的動作中表現出來了。那種高雅的儀態、撒嬌的憨態及醉酒的窘態，無不宛然在目。末句則與首句遥相呼應，昨夜的歌舞未終，今日的歡宴又作，醉生夢死的生活彌漫了整個小朝廷。這個藝術形象所揭示出來的意義，大大超過了李煜當時的思想認識。

作者遺詞精工，氣象華貴。藝術構思也很别致。

菩薩蠻〔一〕　見《尊前集》，《杜壽域詞》亦有此篇而文少異〔二〕

花明月暗籠輕霧〔三〕①，今朝好向郎邊去〔四〕。剗襪步香階〔五〕②，手提金縷鞋〔六〕③。畫堂南畔見〔七〕④，一向偎人顫〔八〕⑤。奴爲出來難〔九〕，教君恣意憐〔一〇〕⑥。

【校勘記】

〔一〕《尊前集》調作「子夜啼」。汲古閣本《尊前集》注「一本别見或作『菩薩蠻』」。《詞綜》調作「子夜」。

〔二〕「少」，晨本作「稍」。又，侯本此注在詞後，少《杜壽域詞》以下十二字。又，《花草粹編》題作「與周后妹」。《詞的》、《續選草堂詩餘》、《古今詩餘醉》作「閨思」。《古今詞統》作「幽歡」。

〔三〕「籠」，吴本、侯本、《花草粹編》、《續選草堂詩餘》、《古今詩餘醉》、《古今詞統》、《詞苑叢談》、《古今詞話》、《歷代詩餘》作「飛」（《詞綜》注「一作『飛』」）。《詞的》作「水」。「籠輕」，《壽域詞》作「朦朧」。

〔四〕「朝」，晨本、《尊前集》、《詞的》、《古今詞統》、《詞綜》、《詞苑叢談》、《古今詞話》、《歷代詩餘》、《全唐詩》、《詞林紀事》作「宵」。吴訥《唐宋名賢百家詞》本《尊前集》誤作「霄」。又，「今朝好向」，《壽域詞》作「此時欲往」。

〔五〕「刬」，馬令《南唐書》卷六作「衩」。《花草粹編》注《南唐書》作「衩」。《詞綜》注「一作『衩』」。「步」，吕本作「出」。《歷代詩餘》、《壽域詞》作「下」。「堦」，《尊前集》作「苔」。《詞綜》注「一作『苔』」。

〔六〕「提」，《壽域詞》作「攜」。

〔七〕「堂」，《古今詞話》、《歷代詩餘》作「闌」。「畫堂南」，《壽域詞》作「藥闌東」。「畔」，吴訥《唐宋名賢百家詞》本《尊前集》誤作「伴」。

〔八〕「向」，侯本、《古今詞統》、《詞綜》、《詞苑叢談》、《古今詞話》、《歷代詩餘》、《全唐詩》、《詞林紀事》作「晌」。「一向」，《壽域詞》作「執手」。「偎」，《古今詩餘醉》作「畏」。「人」，吴訥《唐宋名賢百家詞》本《尊前集》缺此字。

〔九〕「奴」，《尊前集》、《詞綜》、《全唐詩》作「好」。《詞綜》注「一作『奴』」。「出」，《花草粹編》作「去」。《詞綜》注「一作『去』」。

〔一〇〕「教」，《壽域詞》作「從」。「君」，晨本、《詞苑叢談》作「郎」。

【箋注】

① 籠輕霧：籠罩着薄霧。

② 剗襪：只以襪貼地。剗，猶言「光着」。唐無名氏《醉公子》詞：「門外猧兒吠，知是蕭郎至。剗襪下香階，冤家今夜醉。」

③ 金縷鞋：以金綫繡飾的鞋子。金縷，指金絲。唐白居易《秦中吟·議婚》：「紅樓富家女，金縷繡羅襦。」

④ 畫堂：華麗的廳堂。南朝梁簡文帝《餞廬陵内史王修應令》詩：「迴池瀉飛棟，濃雲垂畫堂。」一說指彩畫裝飾的殿堂。

⑤ 一向：一晌，片刻。形容時間很短。《敦煌變文集·大目連冥間救母變文》：「目連一向至天庭，耳裏唯聞鼓樂聲。」唐白居易《昭君怨》詩：「自是君恩薄如紙，不須一向恨丹青。」顫：發抖。

⑥ 恣意：縱情、盡情。《列子·周穆王》：「游燕宫觀，恣意所欲，其樂無比。」憐：愛。

【輯評】

宋蔡居厚《詩史》：後主繼后周氏，昭惠后女弟。開寶元年，册立，行親迎禮，民間觀者萬人。先是后寢疾，小周后已入宫中。后偶褰幔見之，怨，至死面不向外。後主製樂府艷其事，詞云「花明月暗籠輕霧」云云。詞甚狎昵，頗傳於外。至納后，乃成禮而已。翌日，大宴群臣，韓熙載以下，皆作詩諷焉，後主不之譴也。徐鉉有《納后夕侍宴》詩云：「時平物茂歲功成，重翟排雲到玉京。四海未知春色至，今宵先入九重城。」又：「銀燭金爐禁漏移，月輪初照萬年枝。造舟已似文王事，卜世應同八百期。」

宋馬令《南唐書》：後主繼室周后，昭惠之母弟也。警敏有才思，神采端静。昭惠感疾，后常出入卧内，而昭惠未之知也。一日，因立帳前，昭惠驚曰：「妹在此耶？」后幼，未識嫌疑，即以實告曰：「既數日矣！」昭惠惡之，返卧不復顧。昭惠殂，后未勝禮服，待年宫中。明年，鍾太后殂，後主服喪。故中宫位號久而未正。至開寶元年，始議立后爲國后。將納采，後主先令校鵝代白雁，被以文繡，使銜書。侈靡不經類如此。及親迎，民庶觀者或登屋極，至有墜瓦而斃者。后自昭惠殂，常在禁中。後主樂府詞有「剗襪步香階，手提金縷鞋」之類，多傳於外。至納后，乃成禮而已。翌日，大宴群臣，韓熙載以下，皆爲詩以諷焉，而後主不之譴。

宋王銍《默記》：龍袞《江南録》有一本删潤稍有倫貫者云：李國主小周后隨後主歸朝，封鄭國夫人，例隨命婦入宫。每一入，輒數日，而出必大泣。罵後主，聲聞於外，多宛轉避之。又：韓玉汝家有李國主歸朝後與金陵舊宫人書，云：「此中日夕，只以眼淚洗面。」

明楊慎《古今風謡》：後主時，江南童謡曰：「索得娘來忘卻家，後園桃李不生花。」謂再娶周后也。

明卓人月《古今詞統》卷五：徐士俊云：「花明月暗」一語，珠聲玉價。

明潘游龍《古今詞餘醉》卷十：結語極俚極真。

明茅暎《詞的》卷一：竟不是作詞，恍如對話矣。

清沈雄《古今詞話》詞品卷下引孫琮評：「感郎不羞赧，回身向郎抱」，六朝樂府便有此等艷情，莫訶詞人輕薄。（節）李後主詞「奴爲出來難，教君恣意憐」。正見詞家本色，但嫌意態之不文矣。

清吴任臣《十國春秋》卷十八：后少以戚里，間入宫掖，聖尊后絶憐愛之。後主製樂府，艷其事，有「剗襪金縷鞋」之句，辭甚狎昵，頗傳於外。至納后，乃成禮而已。翌日大燕群臣，韓熙載以下皆作詩諷焉，而後主不之譴也。（《古今風謡》載：後主時，江南童謡曰：「索得娘來忘卻家，後園桃李不生花。豬兒狗兒都死盡，養得貓兒患赤瘕。」「娘來」謂再娶周后也；「豬狗死」謂盡戊亥年也；「赤瑕」目病，貓有目病不能捕鼠，謂不見丙子之年也。）

清李調元《雨村詞話》：杜安世詞多襲前人，《壽域詞》一卷，殊無足觀。如《菩薩蠻》：「花明月暗朦朧霧，此時欲往儂邊去。剗襪下香階，手攜金縷鞋。藥闌東畔見，執手偎人顫。奴爲出家難，從君恣意憐。」此南唐李後主詞，爲小周后而作也。膾炙人口已久，略改數字，竄入己集，不顧羞恥。

清徐釚《詞苑叢談》：汪舍人蛟門《醉春風》詞云：「好事而今乍，剗襪移深夜。手提金縷小鞋兒，怕！怕！怕！犬吠花陰，月沉樓角。暗中驚詫。　軟玉相憑藉，纖指將頭卸。妾身拌得教郎憐，罷！罷！罷！又聽雞聲，催人枕畔，羞顏嬌姹。」較之唐主遺小周后詞，尤覺旖旎。

清許昂霄《詞綜偶評》：《子夜》，情真景真，與空中語自別。

清吴衡照《蓮子居詞話》卷三：婦人纏足，南唐後主時窅娘外，別無聞焉。吾鄉周斌侯（兼）善畫士女，嘗寫《小周后提鞋圖》，於指間掛雙紅作纖纖狀，頗屬杜撰。圖爲賞鑒家所重，當時如初白、樊榭，前後題詠，具載本集。許蒿廬（昂霄）詩云：「弱骨豐肌別樣姿，雙鬟初綰髮齊眉。畫堂南畔驚相見，正是盈盈十五時。」「多少情悰眼色傳，今宵剗襪向郎邊。莫愁月黑簾櫳暗，自有明珠徹夜懸。」「正位還當開寶初，玉環舊恨問何如。任教搴幔工相妒，博得鰥夫一紙書。」「一首新詞出禁中，爭傳纖指掛雙弓。不然誰曉深宮事，盡取春情付畫工。」張寒坪（宗楠）詩云：「教得君王恣意憐，香階微步髮垂肩。保儀玉貌流珠慧，輸爾承恩最少年。」「別恨瑶光付玉環，誄詞酸楚自稱鰥。豈知剗襪提鞋句，早唱新聲《菩薩蠻》。」「花明月暗是良媒，誰遣深宫侍疾來。驚問可憐人返卧，心知未解避嫌猜。」「北征他日記匆匆，無復珠翹鬢朵工。一自宮門隨例入，爲渠宛轉避房櫳。」按元人又有《太宗逼幸小周后圖》，惜斌侯未之仿也。

清俞正燮《癸巳存稿》卷四：以手提鞋語證之，則剗襪是光腳不履，僅有襪耳。剗，如騎馬之剗。

清張宗橚《詞林紀事》卷二：海昌馬衎齋先生，曾令畫工周兼寫南唐小周后提鞋圖，一時題詠甚衆。

清陳廷焯《雲韶集》卷一：「剗襪」二語，細麗。「一晌」妙。香奩詞有此，真乃工絶。後人著力描寫，細按之，總不逮古人。又《詞則·閑情集》卷一：荒淫語，十分沉至。

清張德瀛《詞徵》卷五：南唐李後主留意聲色，先納周宗女爲后，后通書，善音律，《霓裳羽衣曲》久絶不傳，后按殘譜，盡得其聲調，徐游等從旁稱美，有狎客風。后有妹，姿容絶麗，以姻戚往來宮中，得幸於唐主。唐主製小令艷詞，頗傳於外。后卒，竟册立之，被寵逾於故后。詞即《菩薩蠻》「花明月暗」一闋，後人亦載諸《壽域詞》，而更易其數字焉。按陸游《南唐書》後主周后傳，后卒於瑶光殿，年二十九，葬懿陵。後主哀甚，自製誄，刻之石，與后所愛金屑檀槽琵琶同葬，又作書燔之與訣，自稱「鰥夫煜」，其辭數千言，皆極酸楚。

俞陛雲《唐五代兩宋詞選釋》：昭惠后之妹，因侍后疾而承恩，詞爲進御之夕作，「剗襪」二句想見花陰月暗，悄行多露之時，宮中事秘，後主乃張之以詞，事傳於外。繼立爲后之日，韓熙載爲詩諷之，而後主不恤人言也。

劉永濟《唐五代兩宋詞簡析》：此非泛寫閨情之詞，乃後主記與小周后幽會之事。馬令《南唐書》載後主繼室周后，即昭惠后之妹也。昭惠感疾，后嘗在禁中，先與後主私，後主作《菩薩蠻》云云。按此詞，後主自記，情景甚真。偎人顫者，又驚又喜之態也。

詹安泰《李璟李煜詞》：這是描寫一個女子偷偷地去和一個男人幽會的情況。開首先來這樣的一個境界：嬌艷的花，正開在朦朧淡月迷濛輕霧之中。似近似遠，若隱若顯，和主題的表現作個極其美妙的配合。接着用自己決定的口吻來點清主題。「剗襪」以下，極其生動細致地塑造了一個雙襪落地，一手提鞋，帶着慌張的神情而又輕輕地跑着的形象，真是一張挺好的畫面。後段先描繪她會見男人時片刻間的羞怯的狀態，然後表白了自己的火熱的愛情，由於機會的難得，不能不縱情淫樂。描寫雖涉猥褻，但很大膽，很率真。

唐圭璋《唐宋詞簡釋》：此首寫小周后事。起點夜景，次述小周后忽遽出宫之狀態。下片，寫相見相憐之情事，景真情真，宛轉生動。「奴爲」兩句，與牛給事（牛嶠）之「須作一生拚，盡君今日歡」，同爲狎昵已極之詞。他如「潛來珠瑣動，驚覺銀屏夢」，「眼色暗相勾，秋波横欲流」諸詞，亦皆實寫當日情事也。

龍榆生《南唐二主詞叙論》：其爲小周后而作《菩薩蠻》（詞略），尤極風流狎昵之至，不愧「鴛鴦寺主」之名。

【評　析】

這是一首描寫男女幽會的名作。有人説是描寫後主自己與小周后幽會之事，因據馬令《南唐書》記載，在昭惠后病篤時，後主就私幸其妹，後納爲小周后，當時朝野均多微詞。

上片寫赴會。首二句描寫環境、渲染氣氛，點明主題。三四句是工筆白描。因爲事關機密，恐怕發出聲響，所以將繡鞋提在手中，以襪着地走路。「剗襪」出自唐無名氏《醉公子》：「門外猧兒吠，知是蕭郎至。剗襪下香階，冤家今夜醉。」本就是寫偷情，故用在此處十分貼切。

下片寫會面情景。四句話一氣呵成，刻劃小女子羞怯、火熱的情態，生動傳神，纏綿悱惻，非親歷者難以描摹。

望江梅〔一〕

閑夢遠，南國正芳春①：船上管弦江面緑〔二〕②，滿城飛絮滚輕塵〔三〕③。忙殺看花人〔四〕。

閑夢遠，南國正清秋〔五〕④：千里江山寒色遠〔六〕⑤，蘆花深處泊孤舟，笛在月明樓。⑥

【校勘記】

〔一〕蕭本調作「望江南」。《全唐詩》作「憶江南」。

〔二〕「緑」，晨本作「淥」。

〔三〕「滚」，吴本、侯本、晨本、《歷代詩餘》作「輥」。蕭本、《花草粹編》、《全唐詩》作「混」。劉繼增《南唐二主詞箋》云「舊鈔本作『混』」。

〔四〕「忙」，《花草粹編》、《全唐詩》作「愁」。

〔五〕「清」，《歷代詩餘》作「新」。

〔六〕「遠」，《歷代詩餘》、《全唐詩》作「暮」。

【箋注】

① 芳春：春天。晉陸機《長安有狹邪行》：「烈心厲勁秋，麗服鮮芳春。」

② 管弦：管樂器（簫、笛）與弦樂器（琴、瑟），泛指樂器。唐王建《調笑令》詞：「玉容憔悴三年，誰復商量管弦。」緑：緑波。

③ 滿城飛絮滚輕塵：柳絮滿城，隨着輕輕的塵土翻飛。晉木華《海賦》：「若乃霾曀潛銷，莫振莫竦。輕塵不飛，纖蘿不動。」

④ 清秋：清淨爽朗的秋天。晉殷仲文《南州桓公九井作》詩：「獨有清秋日，能使高興盡。」

⑤ 寒色：寒冷時節的景色。南朝謝朓《臨高臺》詩：「四面動清風，朝夜起寒色。」唐宋之問《題張老松樹》詩：「日落西山陰，衆草起寒色。」

⑥月明樓：有明月相照的樓臺。唐張若虚《春江花月夜》詩：「誰家今夜扁舟子，何處相思明月樓。」

【輯　評】

清陳廷焯《別調集》卷一：寥寥數語，括多少景物在内。

詹安泰《李璟李煜詞》：這是李煜入宋後眷戀南唐的心情的一種表現。寫的雖然只是美妙的境界，由於他對這美妙的境界的夢想和愛慕，就滲透着現場生活孤寂難堪的情味；寫的雖然只是芳春和清秋中的個别的景物情事，由於他抓住了最具代表性的最動人的東西作精細的刻畫，就體現出整個美麗的南國的全貌。

唐圭璋《李後主評傳》：又有《望江梅》兩首，一首寫江南春時的境界，一首寫江南秋時的境界。寫江南的芳春，水緑花繁，正與白居易《憶江南》詞「日出江花紅似火，春來江水緑如藍」相同。寫江南的清秋，則是一幅山水平遠的圖畫。

唐圭璋《唐宋詞簡釋》：此首寫江南春景。「船上」句，寫江南春水之美，及船上管弦之盛。「滿城」句，寫城中花絮之繁，九陌紅塵與漫天之飛絮相混，想見寶馬香車之喧，與都城人士之狂歡情景。末句，揭出傾城看花，亦可見江南盛時上下酣嬉之狀。寫江南秋景，如一幅絶妙圖畫，「千里」句，寫秋來江山之寥廓，與四野之蕭條。「蘆花」句，寫遠岸蘆花之盛，與孤舟相映，情景兼到。末句，寫月下笛聲，尤覺秋思洋溢，淒動於中。孤舟，見行客之悲秋；笛聲，見居人之悲秋。張若虛詩云：「誰家今夜扁舟子，何處相思明月樓。」亦兼寫行客與居人兩面。後主詞，正與之同妙。

【評析】

《望江梅》是《望江南》之别名。有人以爲二詞一詠芳春，一詠清秋，且用韻不同，不當合爲一詞。我認爲，二詞都以「閑夢遠」起，分明寫故國神游，如陳廷焯《别調集》卷一云：「寥寥數語，括多少景物在内。」這兩首小詞是李煜在囚居中積鬱滿懷，情思恍惚，追憶昔日的江南景物之作。這種雜憶，當然也就可以合春秋景物爲一組而言之了。

第一首寫南國芳春，景色撩人。一二句寫自己陷入深沉的愁思中，恍惚又夢回江南，南國的「芳春」正花團錦簇。這一「正」字其實是寫的昔日，不是寫今日。三四句筆墨飛動，江面百舸如織，弦歌滿江；城市車蓋揚塵，混雜花香，真是一派繁華景象。在這樣的芳春時節，當時的詞人只爲「看花」忙碌！

第二首寫南國清秋，江天寥廓。一二句如同前首，寫入夢，亦即入憶。三四句從大處落墨，「千里江山」既表現出清秋江南之寥廓，又表示出作者對故國亡土的思念。「寒色暮」則在對故土秋景的描繪中，透出一絲悲淒，而一葉「孤舟」就穩穩地藏在蘆花「深處」。這種超然塵世、放浪江湖的生活，對囚居的李煜來説，當然是可夢而不可得的！「笛在月明樓」，則向人展示了清幽别致的清秋景色，雖然帶有一點淒清的情調。

菩薩蠻

蓬萊院閉天台女①，畫堂晝寢人無語〔一〕。拋枕翠雲光②，繡衣聞異香③。潛來珠鎖動〔二〕④，驚覺銀屏夢〔三〕⑤。臉慢笑盈盈〔四〕⑥，相看無限情。

【校勘記】

〔一〕「人無」，《南唐二主詞》以外各本作「無人」。

〔二〕「鎖」，蕭本、晨本作「瑣」。

〔三〕「銀屏」，《歷代詩餘》、《全唐詩》作「鴛鴦」。

〔四〕「臉慢」，《花草粹編》、《歷代詩餘》、《全唐詩》作「慢臉」。

【箋　注】

① 蓬萊院：形容仙境般的庭院。蓬萊，指蓬萊山，古代傳説中的海上仙山。《史記·封禪書》：「自威、宣、燕昭使人入海求蓬萊、方丈、瀛洲，此三神山者，其傳在勃海中，去人不遠，患且至，則船風引而去。蓋嘗有至者，諸仙人及不死之藥皆在焉。」天台女：仙女。天台是山名，在今浙江天台

縣北。相傳東漢劉晨、阮肇入天台山采藥，遇二女，留住半年回家，子孫已歷七世，乃知二女爲仙女。事見《太平御覽》卷四一。

②抛枕：睡覺時將頭髮散置在枕頭上。翠雲光：形容婦女的頭髮烏黑光亮。後宋柳永《洞仙歌》：「記得翠雲偷剪，和鳴彩鳳于飛燕。」

③繡衣：彩繡的絲綢衣服。古代貴者所服。《左傳·閔公二年》：「（衛懿公）與夫人繡衣，曰：『聽於二子！』」異香：異常的香味。《趙飛燕外傳》：「后雖有異香，不若婕妤體自香也。」唐段成式《酉陽雜俎續集·支諾皋上》：「（崔汾仲兄）夏月乘涼於庭際……方午風過，覺有異香。」

④潛來：偷偷地來，暗中來。珠鎖：以珍珠穿綴而成的門環，泛指門上的飾物。

⑤驚覺：受驚而覺醒；驚醒。晉干寶《搜神記》卷九：「充帳下周勤，時晝寢，夢見百餘人録充，引入一徑，勤驚覺。」銀屏：白色而有光澤的屏風。一説指鑲銀的屏風。唐白居易《長恨歌》：「攬衣推枕起徘徊，珠箔銀屏邐迤開。」

⑥臉慢：即「曼臉」。美麗的臉龐。慢，曼的借字。《楚辭·招魂》「蛾眉曼睩，長髮曼鬋」，王逸注：「曼，澤也。」《文選》五臣注：「曼，長也。」均有美麗之意。隋煬帝《喜春游歌》之二：「步緩知無力，臉曼動餘嬌。」盈盈：美好的樣子。盈，通「嬴」。《玉臺新詠·古樂府〈日出東南隅行〉》：「盈盈公府步，冉冉府中趨。」《文選·古詩〈青青河畔草〉》：「盈盈樓上女，皎皎當窗牖。」李善注：「《廣雅》曰：『嬴，容也。』『盈』與『嬴』同，古字通。」

【輯評】

詹安泰《李璟李煜詞》：這是描寫在深院裏和一個美貌的女子調情的情況。前段描寫在一個深靜的環境中是如何纏綿，如何沉醉。後段寫「潛來」，寫「驚覺」，寫「笑」，寫「相看」，精細刻劃，生動活潑。通首都是真切生活的體現。

唐圭璋《李後主評傳》：「臉慢笑盈盈，相看無限情」（《菩薩蠻》）；「眼色暗相鉤，秋波横欲流」（《菩薩蠻》）；「奴爲出來難，教郎恣意憐」（《菩薩蠻》），所寫也都繾綣纏綿，婉約多情。

【評析】

這首詞描寫與宫女調情的情景，應該作於李煜降宋以前。有人認爲女主人公是小周后。

上片詞意、詞句都無甚出奇之處。下片筆轉生動，第一句寫「潛來」，第二句寫「驚覺」，第三句寫「笑」，第四句寫「相看」，一句一跳動，環環相扣，刻劃精細傳神，顯示出作者駕馭小令語言已達到爐火純青的境地。

菩薩蠻〔一〕

銅簧韻脆鏘寒竹①，新聲慢奏移纖玉②。眼色暗相鉤③，秋波横欲流〔二〕④。雨雲深繡户⑤，未便諧衷素〔三〕⑥。宴罷又成空，夢迷春雨中〔四〕⑦。

【校勘記】

〔一〕《續選草堂詩餘》、《古今詞統》題作「宮詞」。

〔二〕「秋」，《歷代詩餘》、《詞林紀事》作「嬌」。

〔三〕「未」，《南唐二主詞》、《花草粹編》以外各本作「來」。

〔四〕「夢」，蕭本、晨本、《花草粹編》作「魂」。「雨」，吕本校語云「『春雨』一作『睡』」。除《花草粹編》外，《詞林萬選》等選本亦俱作「睡」。吴本、蕭本、侯本、晨本、《花草粹編》作「夢」。

【箋　注】

①銅簧：吹奏樂器中的銅製簧片。亦代指這種管製樂器。《詩經·小雅·鹿鳴》：「吹笙鼓簧。」孔穎達疏：「吹笙之時，鼓其笙中之簧以樂之。」韻脆：聲音脆響清越。鏘：清越洪亮的聲音。《左傳·莊公二十二年》：「和鳴鏘鏘。」寒竹：指笙簫一類的竹製管樂器。

②新聲：新創製的樂曲。《國語·晉語八》：「平公説新聲。」晉陶潛《諸人共游周家墓柏下》詩：「清歌散新聲，緑酒開芳顔。」纖玉：比喻美人的手。唐貫休《行路難》詩：「素綆銀瓶濯纖玉。」南朝民歌《西洲曲》：「欄干十二曲，垂手明如玉。」

③眼色：傳遞情感的目光。唐吴融《浙東筵上有寄》詩：「襄王席上一神仙，眼色相當語不傳。」

④秋波：形容美人的眼睛像秋水一般清澈明亮。

⑤雨雲：雲雨。指男女交歡。《文選·宋玉〈高唐賦〉序》：「昔者楚襄王與宋玉游於雲夢之臺，望高唐之觀，其上獨有雲氣……王問玉曰：『此何氣也？』玉對曰：『所謂朝雲者也。』王曰：『何謂朝雲？』玉曰：『昔者先王嘗游高唐，怠而晝寢，夢見一婦人曰：妾巫山之女也，爲高唐之客，聞君游高唐，願薦枕席。王因幸之。去而辭曰：妾在巫山之陽，高丘之岨，旦爲朝雲，暮爲行雨。朝朝暮暮，陽臺之下。』」後因用「雲雨」指男女歡會。唐方干《贈美人》詩之一：「才會雨雲須別去，語慚不及琵琶槽。」

⑥諧衷素：滿足内心的欲望。諧，諧合。衷素，亦作「衷愫」。内心真情。

⑦夢迷：美夢迷失。

【輯評】

明卓人月《古今詞統》卷五：徐士俊云「後主詞率意都妙，即如『衷素』二字，出他人口便村。」

明沈際飛《草堂詩餘續集》卷上：精切。後疊弱，可移贈妓。

俞陛雲《唐五代兩宋詞選釋》：《古今詞話》云「詞爲繼立周后作也」。幽情麗句，固爲側艷之詞。賴次首末句以繼夢結之，尚未違貞則。

詹安泰《李璟李煜詞》：這是在宴席上鍾情和依戀一個奏樂的女子的自白。先寫聲樂和演奏的情況，次寫情感相通，再次寫諧合的未便，最後寫魂牽夢縈。有人從「來便」的本子並據《古今詞話》

的説法，認爲這是李煜曾經幽會過的女子（指小周后），「雨雲」兩句是宕開，是聯想兩人諧合的情況，以下才拍合寫現場生活。也通。

【評　析】

張邦基《墨莊漫録》卷二云：「江南李後主嘗於黄羅扇上書賜宮人慶奴云：『風情漸老見春羞，到處消魂感舊游。多謝長條似相識，强垂煙態拂人頭。』想見其風流也。」李煜耽於聲色，所遇樂妓甚多，這類詞就是他於樽俎之間爲歌妓所作。

這首詞寫一笙妓於筵席生情，雖彼此「目成」而實無法通情。上片由聲移人，由人寫「眼色」、「秋波」傳情。下片寫無從遂願。結句「夢迷春雨中」，寫情兼寫景，一片迷惘。此二「夢」字既可理解爲宴後之夢，又可理解爲與笙妓「眼色」相傳，事後追憶回味，如夢如幻。

阮郎歸　呈鄭王十二弟〔一〕①

東風吹水日銜山〔二〕②，春來長是閑〔三〕③。落花狼藉酒闌珊〔四〕④，笙歌醉夢間。珮聲悄〔五〕⑤，晚妝殘，憑誰整翠鬟〔六〕⑥。留連光景惜朱顏〔七〕⑦，黄昏獨倚欄〔八〕。

【校勘記】

〔一〕《草堂詩餘》、《古今詞統》題作「春景」。《二主詞》以外各本俱無「呈鄭王十二弟」六字。

〔二〕「吹」，《歐陽文忠公近體樂府》、《醉翁琴趣外篇》、《樂府雅詞》作「臨」。《近體樂府》羅泌校語云「臨水」一作「吹水」。「銜」，《花間集補》誤作「御」。「銜」别體作「啣」，「啣」「御」字形相近致誤。

〔三〕「是」，《詞譜》作「自」。

〔四〕「落」，《陽春集》作「林」。「落花」吴訥《唐宋名賢百家詞》本《陽春集》作「薄衣」。近人周泳先《唐宋金元詞鉤沈》輯本《蘭畹集》引朱祖謀手過查映山校本《陽春集》作「荷衣」。

〔五〕「悄」，吴本誤作「惜」。「珮聲悄」，《南唐二主詞》、《花草粹編》以外各本作「春睡覺」。《歐陽文忠公近體樂府》羅泌校語云「『睡覺』一作『睡起』」。

〔六〕「憑誰」，《草堂詩餘》、《花間集補》、《古今詞統》、《古今詩餘醉》、《全唐詩》、《詞譜》、《陽春集》、《歐陽文忠公近體樂府》、《醉翁琴趣外篇》、《樂府雅詞》作「無人」。「鬟」，《醉翁琴趣外篇》、《古今詩餘醉》誤作「環」。

〔七〕「惜」，《四印齋所刻詞》本《陽春集》作「喜」。他本《陽春集》俱作「惜」。

〔八〕「獨」，《草堂詩餘》、《花間集補》、《古今詞統》作「人」。

【箋　注】

①按王仲聞按語，此首别作馮延巳，見《陽春集》，調名作「醉桃源」。又作歐陽修，見《歐陽文忠公近體樂府》卷一、《醉翁琴趣外篇》卷五（調名作「醉桃源」）、《樂府雅詞》卷上。吴本、蕭本、侯本《陽春集》注云《蘭畹集》誤作晏同叔。唐圭璋箋：「吕本、南詞本並題作呈鄭王十二弟，惟南詞本注尚有『後有隸書東宫府書印』。劉箋云：『案歐陽修《五代史》，李煜封弟從善韓王，從益鄭王；陸游《南唐書》益作鎰，鄭作鄧；馬令《南唐書》鄭亦作鄧，而無鄭王。考李燾《續通鑑長編》，開寶四年十一月癸巳朔江南國主遣其弟鄭王從善來朝貢；又徐鉉《騎省集》有太尉中書令鄭王從善詩。據此，則鄭王當是從善，云從益者非也。』王國維云：『按《五代史·南唐世家》從益封鄭王，在後主即位之後，此既云呈鄭王，復有東宫府印，殊不可解。不知史誤，抑手跡僞也。』邵長光云：『據馬、陸書，韓王從善爲元宗第七子，鄧王從鎰爲第八子，從善使宋被留，後主手疏放歸，不許，嘗作《卻登高文》以誌哀，從善妻亦以憂卒，非十二弟也。』劉毓盤云：『或非後主作也。』（《南唐二主詞彙箋》）詹安泰箋：「李煜兄弟封號屢改，煜初即位，封從善爲韓王，後來封鄭王，除劉箋所引外，陸游《南唐書》卷三也有『開寶四年……遣太尉中書令鄭王從善朝貢』的説法。陸書『徙……鄧王從善爲韓王』，《騎省集》卷六《紀國公封鄧王加司空制》有『第七子某識度淹通』句，均可證明從善曾封鄧王。從善是初封鄧王，繼而徙封韓王，後來又徙封鄭王的。至於説從善是李璟第七子就不能説『十二弟』，也恐未必。古人排行，

有連姊妹或者同祖並排以詩盛大的（唐人詩題常看到，近人間中也有這種排法）。如果認爲這『十二弟』不符合事實，那末，李煜文中有《送鄧王二十六弟牧宣城序》（見《全唐文》卷一二八）就更不可理解了。」

②東風：春風。日銜山：夕陽西下將臨山巒時的情景。

③長是閑：總是閑。

④狼藉：亦作「狼籍」。縱橫散亂貌。《史記·滑稽列傳》：「日暮酒闌，合尊促坐，男女同席，履舄交錯，杯盤狼藉。」闌珊：殘，將盡。宋賀鑄《小重山》詞：「歌斷酒闌珊。」

⑤悄：聲音細微。

⑥整翠鬟：梳理頭髮。翠鬟，指女子的環形髮式。唐高蟾《華清宮》詩：「何事金輿不再游，翠鬟丹臉豈勝愁？」

⑦留連光景：珍惜美好的時光。留連，留戀不捨。朱顔：紅潤美好的容顔。《楚辭·大招》：「嫮目宜笑，蛾眉曼只。容則秀雅，穉朱顔只。」清王夫之《通釋》：「穉朱顔者，肌肉滑潤，如嬰穉也。」此處亦指青春時光。

【輯評】

宋陸游《南唐書》卷十六：從善字子師，元宗第七子。（節）開寶四年遣朝京師，太祖已有意召後主歸闕，即拜從善泰寧軍節度使，留京師，賜甲第汴陽坊。（節）後主聞命，手疏求從善歸國。太祖不許，上疏示從善，加恩慰撫，幕府將吏皆授常參官以寵之，而後主愈悲思，每憑高北望，泣下沾襟，左右不敢仰視。由是歲時游燕，多罷不講。嘗製《卻登高文》曰：「陟彼岡兮跂予足，望復關兮睇予目。原有鴒兮相從飛，嗟予季兮不來歸（節）。」從善妃屢詣後主號泣，後主聞其至，輒避去。妃憂憤而卒。國人哀憐之。

明沈際飛《草堂詩餘正集》卷一：意緒亦似歸宋後作。

明卓人月《古今詞統》卷六：徐士俊云：後主歸宋後，詞常用「閑」字，總之閑不過耳，可憐。

明李廷機《草堂詩餘評林》卷一：李後主著作頗多，而此尤傑出者。

明李攀龍：上寫其如醉如夢，下有黄昏獨坐之寂寞。似天台仙女，佇望歸期，神思爲阮郎飄蕩。（引自唐圭璋《南唐二主詞彙箋》）

俞陛雲《唐五代兩宋詞選釋》：詞爲十二弟鄭王作。開寶四年，令鄭王從善入朝，太祖拘留之。後主疏請放歸，不允。每憑高北望，泣下沾襟。此詞春暮懷人，倚闌極目，黯然有鴒原之思，煜雖孱主，亦性情中人也。

詹安泰《李璟李煜詞》：這是獨居無歡的生活和心情的表白。前段寫一任芳春虚度，無心欣賞取樂。後段寫幽獨無偶，對景自憐。

【評　析】

此詞互見馮延巳、歐陽修、晏殊諸集，俞陛雲、詹安泰認爲是李煜所作。此詞主旨是傷春懷人，詞意平庸，修辭手法上亦屬一般。

上片寫傷春，云「春來長是閑」，云「笙歌醉夢間」，如此而已。

下片寫獨居之苦悶。第一句寫來人稀少，第二三句寫懶於梳洗，接下來「留連光景」句揭出主旨，結句「黄昏獨倚欄」歸入蒼茫寥廓，「獨」字是詞眼。

浪淘沙　傳自池州夏氏〔一〕〔二〕

往事只堪哀①，對景難排②。秋風庭院蘚侵階③。一行珠簾閑不捲〔三〕④，終日誰來。金鎖已沉埋〔四〕⑤，壯氣蒿萊⑥。晚涼天靜月華開〔五〕。想得玉樓瑶殿影⑦，空照秦淮⑧。

【校勘記】

〔一〕侯本《二主詞》此注在詞後。

〔二〕《續選草堂詩餘》題作「感念」。《古今詞統》題作「在汴京念秣陵作」。

〔三〕「行」，蕭本、晨本《二主詞》作「任」。劉繼增《南唐二主詞箋》云「舊鈔本作『任』」。《續選草堂詩餘》、《古今詞統》作「片」。粟本《二主詞》、《歷代詩餘》、《全唐詩》作「桁」。

〔四〕「鎖」，蕭本、晨本《二主詞》作「瑣」。侯本《二主詞》、《花草粹編》、《詞綜》、《歷代詩餘》、《全唐詩》作「劍」。《續選草堂詩餘》、《古今詞統》作「斂」。《古今詞統》注「『斂』一作『劍』」。「已」，《續選草堂詩餘》、《古今詞統》作「玉」。《古今詞統》注「『玉』一作『已』」。

〔五〕「靜」，晨本《二主詞》、《歷代詩餘》、《全唐詩》作「淨」。

【箋　注】

①只堪哀：只能讓人悲傷。

②難排：難以排遣。

③蘚侵階：苔蘚長滿臺階。意爲久無人跡來往，連階上都長上了苔蘚。

④一行：一列，一排。唐杜牧《十九兄郡樓有宴病不赴》詩：「燕子嗔垂一行簾。」

⑤金鎖：金鎖甲。一種以金綫連綴、做工精細的鎖子甲。詹安泰注：「金瑣，即金鎖，原義是金質的鎖鑰，這裏疑指金鎖甲。」一説鎖通瑣，王逸《楚辭·離騷章句》：「瑣，門鏤也，文如連瑣。」金瑣即指鏤刻在宫門上的金色連瑣花紋，用以指代南唐宫殿。

⑥壯氣：豪邁、雄壯的氣概。《三國志·吴志·甘寧傳》：「寧厲聲問鼓吹何以不作，壯氣毅然，權尤嘉之。」蒿萊：兩種野草，概指野草、雜草。《韓詩外傳》卷一：「原憲居魯，環堵之室，茨以蒿

萊。」《後漢書·獨行傳·向栩》：「（向栩）及到官，略不視文書，舍中生蒿萊。」壯氣蒿萊反用唐陳子昂《感遇》詩「感時思報國，拔劍起蒿萊」之意，指昔日宫殿雜草叢生，王氣已没，喻南唐王朝的滅亡。

⑦玉樓瑶殿：玉樓，華麗的樓房。瑶殿，玉殿。玉樓瑶殿指代南唐華麗的故宫。

⑧秦淮：長江流經南京市區的一條支流，乃南唐國都金陵勝地。《三國志·吴書》引《江表傳》曰：「紘謂權曰：『秣陵，楚武王所置，名爲金陵。地勢岡阜連石頭，訪問故老，云昔秦始皇東巡會稽經此縣，望氣者云金陵地形有王者都邑之氣，故掘斷連岡，改名秣陵。』」人們據以認爲秦淮河爲秦始皇使人開鑿。

【輯　評】

明沈際飛《草堂詩餘續集》：此在汴京念秣陵事作，讀不忍竟。又云：「終日誰來」四字慘。

清陳廷焯《大雅集》卷二：起五字極淒婉，而來勢妙，極突兀。又《雲韶集》卷一：起五字淒婉，卻來得突兀，故妙，淒惻之詞而筆力精健，古今詞人誰不低首。

俞陛雲《唐五代兩宋詞選釋》：蘚階簾靜，淒寂等於長門。「金鎖」二句有鐵鎖沉江、王氣黯然之慨。回首秦淮，宜其淒咽。

唐圭璋《李後主評傳》：他自歸宋後，自然是事事不得自由。他看不見江南的人物風景，他也挽不回過去的青春，僅僅有自由的夢魂時時去縈繞他的故國。他的詞説：「往事只堪哀（下略）。」「無言獨上西樓（下略）。」可想見他孤獨的悲哀，李易安所謂「尋尋覓覓冷冷清清淒淒慘慘戚戚」的生活，也正是他的寫照。

詹安泰《李璟李煜詞》：這是李煜抒寫入宋後懷念南唐的一種哀痛的心情。前後段都先以無比怨憤的聲調衝擊而出，然後通過具體的生活現象和内心活動來表達當時十分難堪的情況。前段寫風景撩人，而珠簾不捲，無誰告語，是日間生活的難堪。後段寫天清月白，想起秦淮河畔的樓殿，只有影兒投入河裏，一切繁華舊事，都成空花，是夜間生活的難堪。日夜並舉，用突出的形象，作高度的概括。

【評　析】

這首詞是李煜降宋後作。據王銍《默記》卷上，李煜在汴京時，所居有老卒守門，太宗有旨，「不得與人接」，不準李煜見客，也不準有人造訪，過的完全是囚徒的生活。此詞描寫了這種囚居生活及亡國之恨，直抒胸臆，風格比較「豪放」。

上片寫囚居苦寂和無可排遣的悲哀。起首兩句開門見山，道破主旨。所謂「景」，詞中實際上只有上片的「秋風」一句和下片的「晚涼」一句，前爲晝景，後爲夜景。「蘚侵階」則表明久無人跡來往。詞人索性「一行珠簾閑不捲」，任其遮住視綫，與外界隔絶。另一方面又抱以僥幸，「終日誰來」的

「誰」透出了一絲希翼。

下片轉寫亡國之君的故國之思。「金鎖」兩句説明偏安一隅的小朝廷已然覆滅，往事不堪回首。接下來再寫到眼前之景，大好秋光，月華如洗。想到「玉樓瑶殿」徒然投影在秦淮河上，百無聊賴而又眷戀無窮。末句「空」字與開篇首句的「只」字遥相呼應，在無比的空虚中投下了巨大的悽惶，沉痛哀傷之至。

采桑子〔一〕①　二詞墨跡在王季宫判院家〔二〕②

轆轤金井梧桐晚③，幾樹驚秋〔三〕④。晝雨新愁〔四〕，百尺蝦須在玉鈎〔五〕⑤。

瓊窗春斷雙蛾皺〔六〕⑥。回首邊頭⑦，欲寄鱗游〔七〕⑧，九曲寒波不泝流〔八〕⑨。

【校勘記】

〔一〕《草堂詩餘》、《花間集補》調作「醜奴兒令」。

〔二〕侯本此注在下《虞美人》詞後，云「以上二詞墨跡在王季宫判院家」。《類編草堂詩餘》、《花草粹編》、《嘯餘譜》題作「秋怨」。

〔三〕「驚」，《詞林萬選》作「經」。

〔四〕「新」，《草堂詩餘》、《詞林萬選》、《嘯餘譜》作「和」。《花間集補》、《古今詞統》、《歷代詩餘》、《全唐詩》作「如」。《古今詞統》注「如」一作「和」。

〔五〕「在」，《草堂詩餘》、《詞林萬選》、《花草粹編》、《嘯餘譜》、《花間集補》、《古今詞統》、《歷代詩餘》、《全唐詩》作「上」。

〔六〕「蛾」，《類編草堂詩餘》、《花草粹編》、《花間集補》作「娥」。

〔七〕「鱗」，吴本誤作「鮮」。「游」，吴本奪此字，吕本空格。

〔八〕「曲」，吴本、吕本、侯本空格。蕭本作「月」。

【箋　注】

①此詞别作牛希濟，見《詞林萬選》卷四。王仲聞認爲有墨蹟支持，當爲李煜所作無疑。

②二詞：指此首並下一首《虞美人》。

③轆轤金井：見前《應天長》注。梧桐葉落金井比喻秋深。唐李白《贈别舍人弟台卿之江南》詩：「去國客行遠，還山秋夢長。梧桐落金井，一葉飛銀床。」唐王昌齡《長信秋詞》詩：「金井梧桐秋葉黄，珠簾不捲夜來霜。」

④幾樹：多少樹，指梧桐。驚秋：樹木被秋風驚動而落葉。指秋天驀地來到，萬物迅速衰敗凋零。唐無名氏《落葉賦》：「見一葉之已落，感四序之驚秋。」

⑤蝦須：簾子下垂的流蘇，這裏指珠簾。唐陸暢《簾》詩：「勞將素手捲蝦鬚，瓊室流光更綴珠。」「蝦須在玉鉤」指捲簾遥望，與下片「回首邊頭」相應。

⑥瓊窗：異常華美的窗子。瓊，本意指美玉，比喻美好的事物。春斷：春盡。雙蛾皺：雙眉緊蹙。雙蛾，指美女的兩眉。蛾，蛾眉。南朝梁沈約《昭君辭》：「朝發披香殿，夕濟汾陰河。於兹懷九逝，自此斂雙蛾。」

⑦邊頭：遥遠处。

⑧鱗游：游魚，此处借指書信。《古樂府》：「客從遠方來，遺我雙鯉魚。呼童烹鯉魚，中有尺素書。」後人因此稱雙鯉或者魚信代指書信。此處鱗游即代指鯉魚傳書。

⑨九曲：迂迴曲折。唐盧綸《送郭判官赴振武》詩：「黄河九曲游，繚繞古邊州。」泝流：倒流。泝，逆流而上。《後漢書·列女傳·姜詩妻》：「母好飲江水，水去舍六七里，妻常泝流而汲。」

【輯評】

明沈際飛《草堂詩餘正集》：何關魚雁山水，而詞人一往寄情，煞甚相關。秦、李諸人，多用此訣。

明李攀龍：上，秋愁不絶渾如雨；下，情思欲訴寄與鱗。觀其愁情欲寄處，自是一字一淚。（引自唐圭璋《南唐二主詞彙箋》）

明卓人月《古今詞統》卷四：徐士俊云：後主、易安直是詞中之妖。恨二李不相遇。

俞陛雲《唐五代兩宋詞選釋》：上闋宫樹驚秋，捲簾凝望，寓懷遠之思。故下闋云：「回首邊頭。」音書不到，當是憶弟鄭王北去而作，與《阮郎歸》詞同意。又，此詞墨跡在王季宫判院家。《墨莊漫録》稱：「後主書法遒勁可愛，可稱書詞雙美。」又，此調曲譜作《醜奴兒令》。

詹安泰《李璟李煜詞》：這詞是抒寫秋愁無限，離情難寄。前段用一些具體景物勾畫出秋愁，並實寫客居獨處，愁心緊閉，無從派遣的環境。後段承上意更進一步説斷送了美好生活，已覺難挨，想把這心情寫上書信，寄給遠人，路途曲折遥遠，更無從達到。

【評　析】

有人以爲此詞是李煜亡國後囚居汴京所作，也有人以爲「當是憶弟鄭王北去而作」，然皆無確證，難以信從。

我以爲，這是一篇閨怨念遠之作。上片庭桐向晚，晝雨添愁，捲簾遥望，秋怨暗生。下片寫回首邊關，音書不達。李攀龍云：「上，秋愁不絶渾如雨；下，情思欲訴寄與鱗。觀其愁情欲寄處，自是一字一淚。」前面的解釋頗爲精當，結句「一字一淚」則引人聯想了。

虞美人〔一〕

風回小院庭蕪緑，柳眼春相續①。憑欄半日獨無言，依舊竹聲新月似當年。　笙歌未散尊前在〔二〕②，池面冰初解。燭明香暗畫堂深〔三〕，滿鬢清霜殘雪思難任〔四〕③。

【校勘記】

〔一〕《續選草堂詩餘》、《古今詞統》、《古今詩餘醉》題作「春怨」。

〔二〕「前」，《南唐二主詞》以外各本作「罍」。「尊前」，《古今詩餘醉》作「金罍」。

〔三〕「堂」，吴本誤作「歌」。侯本、晨本、《花草粹編》、《續選草堂詩餘》、《古今詞統》、《古今詩餘醉》、《詞綜》、《歷代詩餘》、《全唐詩》、《詞林紀事》作「樓」。《詞譜》作「闌」。「深」，吴本誤作「聲」。

〔四〕「任」，《續選草堂詩餘》、《古今詞統》、《古今詩餘醉》、《詞綜》、《全唐詩》、《詞譜》、《詞林紀事》作「禁」。

【箋　注】

①柳眼：早春剛萌發的柳葉如人睡眼初展，故稱。唐元稹《生春》詩之九：「何處生春早，春生柳眼中。」唐李商隱《二月二日》詩：「花鬚柳眼各無賴，紫蝶黄蜂俱有情。」柳葉相繼生出，故曰「柳眼春相續」。

②尊前：酒樽之前。指酒筵上。唐劉禹錫《洛中春末送杜録事赴蘄州》詩：「尊前花下長相見，明日忽爲千里人。」

③清霜殘雪：花白的頭髮。難任：難以承受，難堪。《左傳·僖公十五年》：「重怒，難任；背天，不祥。」三國魏曹植《雜詩》之一：「方舟安可極，離思故難任。」余冠英注：「難任，難當。」

【輯　評】

明沈際飛《草堂詩餘續集》卷下：此在汴京憶舊乎？華疏彩會，哀音斷絶。

明卓人月《古今詞統》卷八：徐士俊云此君「花明月暗」之外，更有「燭明香暗」。

清譚獻《復堂詞話》：二詞（指此闋及「春花秋月」一闋）終當以神品目之。又云：後主之詞，足當太白詩篇，高奇無匹。

俞陛雲《唐五代兩宋詞選釋》：五代詞句多高渾，而次句「柳眼春相續」及上首《采桑子》之「九曲寒波不泝流」，琢句工鍊，略似南宋慢體。此詞上、下段結句，情文悱惻，淒韻欲流。如方干詩之佳句，乘風欲去也。

俞平伯《讀詞偶得》：後主之作，多不耐描寫外物。此卻以景爲主，寫景中情，故取説之。雖曰寫景，仍不肯多用氣力，其歸結終在於情懷。環誦數過，殆可明瞭，實寫景物，全篇只首二句。李義山詩：「花鬚柳眼各無賴。」「柳眼」佳，「春相續」更佳。似春光在眼，無盡連綿。於是憑闌凝睇，惘惘低頭，片念俄生，即所謂「竹聲新月似當年」也。以下立即墮入憶想之中，玩「柳眼春相續」一語，似當前春景艷濃濃矣，而憶念所及，偏在春光，姿態從平凡自然之間逗露出狡獪變幻來，截搭卻令人不覺。其脈絡在「竹聲新月」上，蓋「竹聲新月」，固無間於春光之淺深者也。拈出一不變之景，輕輕搭過，有藕斷絲牽之妙。眼前春物昌昌，只風回小院而已，春蕪緑柳而已，其他不得著片語，若當年，雖堅冰始泮，春意未融，然已尊罍也，笙歌也，香燭也，畫堂也，何其濃至耶？春淺如此，何待春深，春深其可憶耶。虛實之景，眼下心前，互相映照，情在其中矣。結句蕭颯憔悴之極，毫無姿態，如銀瓶落井，直下不回。古人填詞，結語每拙。況蕙風標舉「重、拙、大」三字，鄙意惟「拙」難耳。

俞平伯《唐宋詞選釋》：「當年」引下片回憶境界，早春光景。實景與所憶不必同，借「竹聲新月」逗入，是變幻處。

唐圭璋《唐宋詞簡釋》：此首憶舊詞，起點春景，次入人事。風回柳緑，又是一年景色。自後主視之，能毋增慨。憑闌脈脈之中，寄恨深矣。「依舊」一句，猛憶當年今日，景物依稀，而人事則不堪回首。下片承上，中述當年笙歌飲宴之樂。「滿鬢」句，勒轉今情，振起全篇。自摹白髮窮愁之態，尤令人悲痛。

詹安泰《李璟李煜詞》：這詞是抒寫春天的愁思。從春天的景物寫起。説「春相續」，便有無窮境界從蟬聯中透露出來。説「獨無言」，便包藴着無誰共語和不堪言説的痛苦心情。説「似當年」，便見得當年在同樣的景況中是如何值得依戀，也顯示出「獨無言」的痛苦心情是在苦樂懸殊的對比中産生出來的。像這樣的寫法，是多麽概括！多麽精鍊！「笙歌」以下把境界擴大了，是從「竹聲新月似當年」引出來的。自上段的「半日」、「新月」到下段的「燭明香暗」，把整個活動的過程都緊密地貫穿着，所以儘管從各個方面表現了錯綜複雜的情事和景物，結構卻很嚴密、完整。篇末總説愁思的難堪和愁思得衰老的樣子。古人往往用鬢髮白來表明愁思的結果的，李白《秋浦歌》的「白髮三千丈，緣愁似箇長」是很明顯的例證。

【評　析】

此詞寫早春感懷，雖然以寫景爲主，但因作者内心感情非常豐富，於物華常新中，慨人生已老，撫今追昔，悲從中來，是一篇情景交融的佳構。

上片寫得極有次序，開頭兩句從李商隱「花鬚柳眼各無賴」化出，似春光在眼，無盡連綿。於是在風光游目中憑欄默想，偏偏感嘆「竹聲新月似當年」，而這個景境又不關春光的淺深。「依舊」兩字，足見無論春光如何變换，作者嘆喟人生的心境没有改變。

下片繼續深化主題。前四句細寫春光由淺漸深，結句「滿鬢清霜殘雪思難任」很有力度。俞平伯以爲「結句蕭颯憔悴之極，毫無姿態，如銀瓶落井，直下不回」，得況蕙風標舉的「拙」韻。

玉樓春〔一〕

已下兩詞，傳自曹功顯節度家，云墨跡舊在京師梁門外李王寺一老居士處，故弊難讀。〔二〕①

晚妝初了明肌雪〔三〕②，春殿嬪娥魚貫列〔四〕③。笙簫吹斷水雲間〔五〕④，重按霓裳歌遍徹⑤。
臨春誰更飄香屑〔六〕⑥，醉拍欄干情味切〔七〕。歸時休照燭花紅〔八〕⑦，待放馬蹄清夜月〔九〕⑧。

【校勘記】

〔一〕《全唐詩》調作「木蘭花」。

〔二〕「下」，晨本作「後」。「居士」，蕭本、晨本作「尼」。劉繼增《南唐二主詞箋》云「老居士」舊鈔本作「老尼」。侯本《二主詞》此注在下《子夜歌》詞後，「已下」作「已上」。《草堂詩餘》、《詞的》、《古今詞統》、《古今詩餘醉》題作「宮詞」。

〔三〕「晚」，《全唐詩》作「曉」。

〔四〕「殿」，《松隱文集》作「破」。「嬪」，《海山仙館叢書》本《詞苑叢談》作「嫦」。

〔五〕「笙」，《古今詞統》、《古今詩餘醉》、《詞綜》、《歷代詩餘》、《全唐詩》、《詞譜》、《詞林紀事》作「鳳」。「簫」，《花草粹編》作「歌」。「吹」，《古今詞統》、《古今詩餘醉》、《詞綜》、《歷代詩餘》、《全唐詩》、《詞譜》、《詞林紀事》作「聲」。「間」，吴本、吕本、侯本空格。《草堂詩餘》、《花草粹編》、《堯山堂外紀》、《詞的》、《古今詞統》、《詞綜》、《全唐詩》、《歷代詩餘》、《詞林紀事》作「閑」。《松隱文集》作「中」。

〔六〕「春」，《松隱文集》、《古今詞統》、《詞綜》、《歷代詩餘》卷一百十三、《全唐詩》、《詞譜》、《詞林紀事》作「風」。

〔七〕「味」，《南唐二主詞》以外各本作「未」。

〔八〕「時」，《弇州山人詞評》、《古今詞話》詞話卷上引王弇州作「來」。「休」，吕本誤作「體」。「照」，晨本、《弇州山人詞評》、《古今詩餘醉》、《詞綜》、《詞苑叢談》、《歷代詩餘》、《全唐詩》、《詞譜》、《詞林紀事》作「放」。「花」，晨本作「光」。

〔九〕「放」，晨本、《弇州山人詞評》、《古今詩餘醉》、《詞綜》、《詞苑叢談》、《古今詞話》詞話卷上引王弇州、《歷代詩餘》、《全唐詩》、《詞譜》、《詞林紀事》作「踏」。

【箋　注】

①曹功顯，即曹勛，翟陽人，紹興二十九年爲昭信節度使，《宋史》有傳。此首别作曹勛詞，見《松隱

文集》卷三十九。王仲聞指出《松隱文集》多有將他人詩文誤入，此詞當爲李煜所作。

② 初了：剛剛結束。明肌雪：肌膚潔白明亮如雪。唐温庭筠《女冠子》詞：「鈿鏡仙容似雪。」又韋莊《菩薩蠻》詞：「皓腕凝霜雪。」

③ 春殿：宫殿。唐李白《越中覽古》：「宫女如花滿春殿，只今惟有鷓鴣飛。」嬪娥：宫中的姬妾和宫女。唐元稹《驃國樂》詩：「德宗深意在柔遠，笙鏞不御停嬪娥。」魚貫列：一個接一個地依序排列。魚貫，像游魚先後接續一樣。《三國志·魏志·鄧艾傳》：「山高谷深，至爲艱險……將士皆攀木緣崖，魚貫而進。」唐白居易《開龍門八節石灘詩》：「竹篙桂楫飛如箭，百筏千艘魚貫來。」

④ 笙簫：笙和簫。泛指管樂器。唐白居易《重題別東樓》詩：「海仙樓塔晴方出，江女笙簫夜始吹。」吹斷：吹徹，吹盡。水雲間：指（樂聲飄揚）在雲水之間。唐戎昱《湘南曲》詩：「虞帝南游不復還，翠蛾幽怨水雲間。」

⑤ 重按：重奏，一遍遍地演奏。霓裳：《霓裳羽衣曲》的簡稱。詹安泰于「霓裳歌遍徹」有詳細的解釋：《樂苑》：「『霓裳羽衣曲』，開元中西涼府節度楊敬述進。」白居易《霓裳羽衣舞歌》自注云：「散序六遍無拍。」又云：「中序始有拍，亦名拍序。」又云：「霓裳曲十二遍而終。」沈括《夢溪筆談》：「霓裳曲凡十二疊，前六疊無拍，至第七疊方謂之疊徧，自此始有拍而舞。」周密《齊東野語》：「霓裳一曲，共三十六段。嘗聞紫霞翁云：幼日隨其祖郡王曲宴禁中，太后令内人歌之，凡用三十人，每番十人奏，音極高妙。」王國維《唐宋大曲考》云：「霓裳，唐人謂之法曲，不云大曲。

所以謂之法曲者，以其隸於法曲部而不隸於教坊故。然由其體製觀之，固與大曲無異也。唐之霓裳，散序六遍，中序以下十二遍。」又云：「大曲各疊，名之曰『遍』。『遍』者『變』也。古樂一成爲變。《周禮・大司樂》：『樂有六變、八變、九變。』鄭注云：變猶更也，樂成則更奏也。」從這裏我們可以看出霓裳是一種舞曲（法曲、大曲都有舞曲。張炎《詞源》「拍眼」條：「所以舞法曲、大曲者必須以指尖應節……」可證），它有十八遍（也叫「疊」），三十六段（每遍二段），前六遍無拍不舞，以後才有拍而舞。「徹」字這裏雖没有提到，但從「霓裳曲十二遍而終」的説法，和郭茂倩的《樂府詩集・近代曲辭》中的「大和」凡五首，第五首叫「第五徹」看來，似乎就是「終」、「末」的意思。

⑥ 香屑：花瓣、花的碎片。一説指香粉，義爲長。陶穀《清異録》謂後主宮中「有主香宮女，其焚香之器，曰把子蓮、三雲鳳、折腰獅子，金玉爲之，凡數十種」。又洪芻《香譜》謂李煜自製「帳中香」，「以丁香、沉香及檀、麝等各一兩，甲香三兩，皆細研成屑，取鵝梨汁蒸乾焚之」。

⑦ 燭花：蠟燭的火焰。

⑧ 待放馬蹄：就要騎着馬（歸去）。

【輯評】

宋馬令《南唐書》卷六《女憲傳》：後主昭惠后周氏，小字娥皇，大司徒宗之女，甫十九歲，歸於王宫。通書史，善音律，尤工琵琶。樂工曹生亦善琵琶，按譜粗得其聲，而未盡善也。唐之盛時，霓裳羽衣最爲大曲，罹亂，瞽師曠職，其音遂絶。後主獨得其譜。（節）后輒易訛謬，頗去窪淫，繁手新音，清越可聽。

宋王灼《碧雞漫志》卷三：李後主作《昭惠后誄》云：《霓裳羽衣曲》，綿兹喪亂，世罕聞者，獲其舊譜，殘缺頗甚，暇日與后詳定，去彼淫繁，定其缺墜。

宋胡仔《苕溪漁隱叢話》前集卷二十四：此曲世無譜，好事者每惜之。《江表志》載周后獨能按譜求之。徐常侍鉉有《聽霓裳送以詩》云：「此是開元太平曲，莫教偏作别離聲。」則江南時猶在也。

明沈際飛《草堂詩餘正集》卷一：此駕幸之詞，不同於宫人自叙。「莫教踏碎瓊瑶」、「待踏清夜月」，總是愛月，可謂生瑜生亮。又云：侈縱已極，那得不失江山？《浪淘沙》詞即極清楚，何足贖也。

明茅暎《詞的》卷二：風流帝子。

明李攀龍：上叙鳳輦出游之樂，下叙鸞輿歸來之樂。又云，此駕幸之詞，與宫人自叙不同，況主上行樂處，可不識體。（引自唐圭璋《南唐二主詞彙箋》）

明李廷機《草堂詩餘評林》卷三：人主叙宫中之樂事自是親切，不與他詞同。

清吴任臣《十國春秋》卷十八：昭惠國后周氏，小字娥皇，司徒宗之女。十九歲歸皇宫。通書史、善歌舞，尤工琵琶，嘗爲壽元宗前，元宗嘆其工，以燒檀琵琶賜之，蓋元宗寶惜之器也。后於彩戲、弈棋，靡不妙絶。（節）後主嗣位，册立爲國后，寵嬖專房。創爲高髻纖裳及首翹鬢朵之妝，人皆效之。常雪夜酣燕舉杯請後主起舞，後主曰：「汝能創爲新聲，則可矣。」后即命箋綴譜，喉無滯音，筆無停思，俄頃譜成，所謂《邀醉舞破》也。（毛氏《填詞名解》云：「《邀醉舞破》調，今不傳。」）又有《恨來遲破》，亦后所製。故唐盛時，《霓裳羽衣》最爲大曲，亂離之後，絶不復傳，後得殘譜，經琵琶奏之，於是開元、天寶之遺音復傳於世。内史舍人徐鉉聞之於國工曹生，鉉亦知音，問曰：「法曲終則緩，此聲乃反急，何也？」曹生曰：「舊譜實緩，宫中有人易之，非吉徵也。」後主以后好音律，因亦耽嗜，廢政事。監察御史張憲切諫，賜帛三千尺，以旌敢言，然不爲輟也。

清徐釚《詞苑叢談》卷六：李後主宫中未嘗點燭，每至夜，則懸大寶珠，光照一室如日中。嘗賦《玉樓春》宫詞（詞略）云。王阮亭《南唐宫詞》：「花下投籤漏滴壺，秦淮宫殿浸虚無。從兹明月無顔色，御閣新懸照夜珠。」極能道其遺事。

清許昂霄《詞綜偶評》：《玉樓春》「重按霓裳歌遍徹」，《霓裳曲》十二遍而終，見香山詩自注。「臨風誰更飄香屑」，「飄香屑」，疑指落花言之。

清譚獻《復堂詞話》：豪宕。

清陳廷焯《雲韶集》卷二十四：風雅疏狂，失人君之度矣。

俞陛雲《唐五代兩宋詞選釋》：此在南唐全盛時所作。按霓羽之清歌，爇沉香之甲煎，歸時復踏月清游，洵風雅自喜者。唐元宗後，李主亦無愁天子也。此詞極富貴，而《浪淘沙令》「流水落花春去也，天上人間」，又極淒婉，則富貴亦一場春夢耳。（節）其「清夜月」結句，極清超之致。《藝苑卮言》云：「後主直是詞手。」

唐圭璋《李後主評傳》：後首寫夜晚笙歌醉舞的情形，而夜分踏馬蹄於清夜月之下，尤覺侈縱已極。

唐圭璋《唐宋詞簡釋》：此首亦寫江南盛時景象，起敘嬪娥之美與嬪娥之衆，次敘春殿歌舞之盛；下片，更敘殿中香氣氤氳與人之陶醉。「歸時」兩句，轉出踏月之意。想見後主風流豪邁之襟抱，與「花間」之局促房櫳者，固自有别也。

詹安泰《李璟李煜詞》：這是李煜前期的作品，描述在宮殿中縱情游樂的情形。前段寫出場有許多美人奏樂歌唱的盛況。後段刻劃洋洋得意的神態，直至收場踏月歸去。

【評析】

據俞陛雲《五代詞選釋》，這首詞給人感覺「極富貴」，是在南唐全盛時作。當時李煜是「無愁天子」，詞記宮中宴樂與演奏《霓裳》新曲的盛況，字裏行間洋溢着雍容華貴的氣息。

上片寫實，寫盛妝明艷的宮女組成整齊的舞隊，絲竹競作，演奏由大周后改編整理的《霓裳羽衣曲》，給人的感覺是色彩繽紛，樂音繚繞，熱鬧非凡。

下片一變浪漫，寫宴後歸去，和風飄香，馬蹄踏月，沉浸在饒有詩意的音樂氣氛之中，顯得風流豪宕，俊爽超逸，高雅不凡。

子夜歌

尋春須是先春早〔一〕，看花莫待花枝老。縹色玉柔擎〔二〕①，醅浮盞面□〔三〕②。□□（二字漫滅不可認，疑是「何妨」字）〔四〕頻笑粲③，禁苑春歸晚〔五〕④。同醉與閑評〔六〕⑤，詩隨羯鼓成〔七〕⑥。

【校勘記】

〔一〕「先」，《花草粹編》卷三、《全唐詩》第十二函第十册（詞十一）引首兩句作「陽」。

〔二〕「擎」，吴本誤作「檠」。

〔三〕「□」，吴本、侯本缺一字。吕本、蕭本、《歷代詩餘》作「清」。

〔四〕蕭本、《歷代詩餘》作「何妨」。注「漫滅」吕本、晨本作「磨滅」。

〔五〕「苑」，吴本誤作「祭」。《歷代詩餘》作「院」。

〔六〕「評」，吴本、侯本、晨本作「平」。

〔七〕「羯」，吴本作「揭」。《歷代詩餘》作「疊」。

【箋　注】

①縹色：淺青色，青白色。此處指代酒。《文選・潘岳〈笙賦〉》：「傾縹瓷以酌醽。」注：「傾碧瓷之器以酌酒也。」北魏賈思勰《齊民要術・笨麴並酒》：「黍浮，縹色上，便可飲矣。」石聲漢注：「曹植《七啟》中有『春清縹酒』，正是這種『竹葉青』色的酒。」玉柔：女子潔白柔軟的手。後蜀歐陽炯《浣溪沙》詞：「落絮殘鶯半日天，玉柔花醉只思眠。」擎：舉起。

②醅：未過濾的酒。宋何剡《酒爾雅》：「醅，未沛之酒也。」沛，過濾。

③粲：露齒而笑。《穀梁傳・昭公四年》：「軍人粲然皆笑。」

④禁苑：帝王的園林，禁人隨意進入，故稱「禁苑」。《史記・平準書》：「是時禁苑有白鹿而少府多銀錫。」《文選・班固〈西都賦〉》：「西郊則有上囿禁苑，林麓藪澤陂池，連乎蜀漢，繚以周牆，四百餘里，離宮別館，三十六所，神池靈沼，往往而在。」李善注：「上囿禁苑，即林苑也。」春歸晚：春天結束得較晚。

⑤閑評：隨意議論品評。

⑥羯鼓：羯：匈奴之別族。羯鼓是羯族一種打擊樂器，形似漆桶，置於牙床之上。《通典・樂典》：「羯鼓，正如漆桶，兩頭俱擊。以出羯中，故號羯鼓，亦謂之兩杖鼓。」唐温庭筠《華清宮》詩：「宮門深鎖無人覺，半夜雲中羯鼓聲。」

【輯　評】

詹安泰《李璟李煜詞》：這是寫春天裏在禁苑中過着飲酒賦詩的閒適生活。開首由人生應該及時行樂説起，次説女人勸酒，次説欣賞禁苑的春色，最後説賦詩。通篇都寫得比較自然平淡，和主題相適應。

【評　析】

這首詞寫惜春並引發對一女子的愛慕。應該是李煜降宋前所作。

上片寫惜春，帶着醺醺然的醉意「尋春」，得出「看花莫待花枝老」的認識，其中當然也包含着對女子的心儀。

下片寫歡樂。在一片流連的春景中，在如花的「禁苑」中，女子嫣然笑了，同時在這情意綿綿的氣氛中作者也寫就了詞章。

謝新恩　以下六詞墨跡在孟郡王家〔一〕①

金窗力困起還慵〔二〕②。餘缺

【校勘記】

〔一〕「六」，蕭本作「七」。「墨」，蕭本、晨本作「真」。侯本此注在第六首後，作「以上六詞真跡在孟郡王家」。

〔二〕「金窗力困」，蕭本誤作「金刀窗困」。

【箋　注】

① 孟郡王：孟忠厚，字仁仲，隆祐太后兄，高宗紹興七年（一一三七）封信安郡王，《宋史》有傳。

② 金窗：華美的窗子。漢張超《靈帝河間舊廬碑》：「金窓鬱律，玉璧玎璫。」唐李白《雙燕離》詩：「玉樓珠閣不獨棲，金窗繡户長相見。」王國維校勘記云：「『金窗力困起還慵』七字，據《全唐詩》、《歷代詩餘》，當在第三十四闋『新愁往恨何窮』句之下，誤脱於此。」

又〔一〕

秦樓不見吹簫女①，空餘上苑風光②。粉英金蕊自低昂〔二〕③。東風惱我，纔發一衿香〔三〕④。

瓊窗夢笛殘日〔四〕⑤，當年得恨何長⑥。碧闌干外映垂楊。暫時相見，如夢懶思量〔五〕。

【校勘記】

〔一〕晨本校勘記云「此首實《臨江仙》調」。

〔二〕「英」，吴本誤作「莫」。「金」，蕭本、晨本作「含」。

〔三〕「纔」，蕭本、晨本作「才」，劉繼增《南唐二主詞箋》云「舊鈔本作『才』」。「衿」，吴本、吕本、侯本作「矜」。蕭本作「枝」。

〔四〕「笛」，侯本作「箇」。蕭本、晨本作「□留」。

〔五〕「懶」，吴本誤作「嫩」。侯本誤作「娥」。

【箋　注】

①秦樓不見吹簫女：相傳秦穆公之女弄玉好樂，有蕭史善吹簫作鳳鳴，秦穆公以女妻之。爲之作鳳樓。二人吹簫，鳳凰來集，後乘鳳飛升而去。事見漢劉向《列仙傳》。後人以「鳳去樓空」作爲思懷故人的代名詞。秦樓，即秦穆公爲其女弄玉所建之樓。亦名鳳樓。南朝梁沈約《修竹彈甘蕉文》：「巫岫斂雲，秦樓開照。」唐杜甫《鄭駙馬宅宴洞中》詩：「自是秦樓壓鄭谷，時聞雜佩聲珊珊。」

②上苑：皇家園林，供皇帝游獵賞玩的場所。南朝梁徐君倩《落日看還》詩：「妖姬競早春，上苑逐名辰。」《新唐書・蘇良嗣傳》：「帝遣宦者採怪竹江南，將蒔上苑。」

③ 粉英金蕊：粉色花瓣和金黄色花蕊，泛指花朵。自低昂：各自高高低低的狀態。

④ 一衿香：衿，同「襟」。一衿香是描繪香的程度，仿若留在衣襟上的一點點餘香，味很淡。

⑤ 瓊窗：精美華麗的窗子。瓊，美玉。此處當精美講。

⑥ 得恨：抱恨，遺憾。

【輯　評】

詹安泰《李璟李煜詞》：這是思念一個女人的小詞。一開首就很明白地指出：風光依舊，所歡不見。前段寫眼前景物，而用「自低昂」、「惱我」等，就滲透着自己的觀點和感受在裏面。後段寫懷舊心情，而聯繫着「碧闌干外映垂楊」這一境界，仍和眼前景物相一致。煞尾説到「如夢懶思量」，就見出相思結果還是只是相思，這味道已怕再嚐下去了，真有説不盡的苦處！

【評　析】

這是一首傷春懷人的詞，應該作於李煜降宋以前。

上片寫眼前風物。感官所及，皆傷心之色，斷腸之香。「不見」、「空餘」及「自」使眼前景物染上了感情色彩。下片寫夢醒之哀。「得恨何長」是説因愛得愈深，故離別之恨愈長。結句「暫時相見」是説夢裏相逢。

有説此詞係悼念昭惠后而作，然玩其語意，卻似非悼亡。

又

櫻花落盡階前月①，象床愁倚薰籠②。遠是去年今日恨還同〔一〕。雙鬟不整雲憔悴③，淚沾紅抹胸④。何處相思苦，紗窗醉夢中〔二〕⑤。

【校勘記】

〔一〕「是」，晨本作「似」。

〔二〕「醉」，吴本作「睡」。

【箋　注】

① 櫻花：落葉喬木。春日開花，色紅白，甚美，花後結實如小球。唐李商隱《無題》詩：「何處哀箏隨急管，櫻花永巷垂楊岸。」

② 象床：以象牙裝飾的床。《戰國策·齊策三》：「孟嘗君出行國，至楚，獻象床。」鮑彪注：「象齒爲床。」南朝宋鮑照《代白紵舞歌辭》之二：「象牀瑶席鎮犀渠，雕屏匼匝組帷舒。」薰籠：有籠子

覆蓋的熏爐。可用以烘烤或熏香衣物。《東宫舊事》：「太子納妃，有漆畫熏籠二，大被熏籠三，衣熏籠三。」唐王昌齡《長信秋詞》：「熏籠玉枕無顔色，臥聽南宫清漏長。」唐白居易《後宫詞》：「紅顔未老恩先斷，斜倚薰籠坐到明。」又寫作「熏籠」。

③雙鬟：古代年輕女子的兩個環形髮髻。唐白居易《續古詩》：「窈窕雙鬟女，容德俱如玉。」雲憔悴：頭髮淩亂，暗無光澤。憔悴一般指人的容顔，聯繫上文，雲指頭髮，憔悴當爲形容頭髮失去光澤而顯得没有生氣。漢焦贛《易林・需之否》：「毛羽憔悴，志如死灰。」

④抹胸：古代的一種内衣。有前片無後片，上可覆乳，下可遮肚，多爲婦女所穿。徐珂《清稗類鈔・服飾・抹胸》：「抹胸，胸間小衣也，一名襪腹，又名襪肚。以方尺之布爲之，緊束前胸，以防風之内侵者。俗謂之兜肚，男女皆有之。」《太真外傳》：「金訶子，抹胸也。」

⑤紗窗：蒙紗的窗子。唐李白《宫中行樂詞》其五：「繡户香風暖，紗窗曙色新。」

【輯評】

詹安泰《李璟李煜詞》：這是描寫一個女人思念男人的情況。首先描繪了一幅最能引動懷念遠人的畫面：櫻花滿地，春光轉眼就過去了，明月當空，又照着空房獨守的人。在這樣的環境中，想起自己的年華易逝，想起兩人的愉快生活，就會觸景傷情，不能不縮到房子裏去「愁倚薰籠」了。「去年今日恨還同」，更説明了像這樣的情況已不止一年，進一步加深加長了恨的表現。「女爲悦己者容」，所愛的人既然不見，怎麽不首如飛蓬，淚沾抹胸呢？ 這形象很生動也很真實。 末兩句以相思的苦況作結。

【評　析】

這首小詞缺字、句太多，上、下片似各缺一七字句，故無法認作是《謝新恩》或是《臨江仙》；但其格調字數雖不完整，意脈結構卻是分明的。

詞的主旨是相思懷人，主人公則是一女子。

上片開端兩句描寫自然環境，通過落地櫻花與當空明月，不知不覺中也勾勒出了思婦的形象。已過春時，櫻花飄零，她的青春也一併在離别中飄零萎落了。 夜已入深，月移階前，她當是玉臂寒涼，雲鬢沾濕，凄然望月已久了。 這兩個意象時間的交代又包含着時間流逝與相思不眠的兩層意思。 然後逼出人物：「象床愁倚薰籠。」「象床」寫居處的華麗，「薰籠」寫環境的温馨，而人物則是「愁倚」。 至此，上句櫻花之短促與月光之淒清也加深了「愁」字的内涵。 末句「遠似去年今日恨還同」九字回腸百轉，日計歸期，漸離漸遠，由「愁」轉「恨」，這相思滋味如何消受得下。

下片着意寫人。 開頭兩句很精細。「雲憔悴」者，烏髮如雲卻鬢髮蓬亂不整。 後來李清照《永遇樂》「如今憔悴，風鬟霧鬢，怕見夜間出去」，也是以「憔悴」形容頭髮。「紅抹胸」是女主人公的貼身小衣，用「淚沾」來强調，情意更加殷切。 末句拓開一筆：「何處相思苦，紗窗醉夢中。」户外花月觸景生情，是相思之苦；户内倚床愁憶，是相思之苦。都比不上夢醒難眠的相思最苦。因爲夢境只能暫時沉醉，而清醒的時候則格外痛苦。

總之，此詞雖殘破，但形展闔合，法度精嚴，縱無曲調，仍自成篇。

又〔一〕

庭空客散人歸後，畫堂半掩珠簾〔二〕。林風淅淅夜厭厭①。小樓新月，回首自纖纖（下缺）〔三〕②。

春光鎮在人空老③，新愁往恨何窮（下缺）〔四〕。一聲羌笛，驚起醉怡容〔五〕④。

【校勘記】

〔一〕《花草粹編》、《歷代詩餘》、《全唐詩》調作「臨江仙」。晨本校勘記云「此亦《臨江仙》詞」。《詞譜》在《臨江仙》調名下注：「李煜詞名《謝新恩》。」

〔二〕「珠」，《全唐詩》作「朱」。

〔三〕「下缺」，蕭本作「已下缺」。《花草粹編》、《歷代詩餘》、《全唐詩》、《詞譜》無此注。

〔四〕「下缺」，蕭本作「缺」，《花草粹編》、《歷代詩餘》、《全唐詩》、《詞譜》俱無此注，下有「金窗力困起還慵」七字一句。《詞譜》「窗」作「刀」。

〔五〕 蕭本此下注「下缺」。

【箋　注】

①淅淅：風的聲音。象聲詞。唐李咸用《聞泉》詩：「淅淅夢初驚，幽窗枕簟清。」厭厭：安靜。《詩經·秦風·小戎》：「厭厭良人，秩秩德音。」毛傳：「厭厭，安靜也。」引申爲綿長。五代馮延巳《長相思》詞：「紅滿枝，緑滿枝，厭厭睡起遲。」

②纖纖：細微。《荀子·大略》：「禍之所由生也，生自纖纖也。」引申爲細長，這裏形容新月。南朝宋鮑照《玩月城西門廨中》詩：「始見西南樓，纖纖如玉鉤。」

③鎮在：常在，長駐。鎮，長久，常。唐褚亮《詠花燭》詩：「莫言春稍晚，自有鎮開花。」

④醉怡容：酒醉後快活的表情。《禮記·内則》：「下氣怡色。」注：「悦也。」

【評　析】

這首小詞主旨是惜時傷老。雖字句殘損，仍清新有致。

上片抒寫落寞的心情。開頭兩句直接描寫環境，而盛宴散後的驟然感受卻凸然而出。客散人去，華麗的庭堂一下子變得曠然寂然。接下來二句，寫寧靜中只聽得夜風在林間吹拂，樹葉在淅淅作響。主人感到一種孤獨寂寞已悄然包圍了自己。而此時驀然回看，「小樓新月，回首自纖纖」。一輪新月，兩角纖細，清新可愛地掛在澄澈的夜空。應該説，這種落寞的感受裏凝結着繁華消歇的傷感，透出了對人生本質的哲理思考，筆力是非常深邃的。

下片直接抒情。過片兩句將時間的流逝與歲華的衰老聯繫到一起。「人空老」、「恨何窮」，包含着一種徹悟的無奈。在這樣的悲觀情緒下，於是就出現了結句「一聲羌笛，驚起醉怡容」。所謂「一聲」者，暫時也，轉瞬即逝也。「驚起」者，著力刻畫出逃避與躲藏在紙醉金迷生活背後的主人公的驀然清醒。這兩句與開首的「庭空客散」暗作呼應，使所抒寫的落寞心情與哲理感悟的主旨再度呈現，一切盡在不言之中。

又

櫻花落盡春將困〔一〕①，鞦韆架下歸時。漏暗（二字又疑是「滿階」）斜月遲遲〔二〕②。花在枝（缺十二字）〔三〕。徹曉紗窗下③，待來君不知。

【校勘記】

〔一〕「花」，吕本、侯本作「桃」。「困」，吴本誤作「用」。

〔二〕「暗」，侯本奪此字。「是」，吴本、吕本、侯本作「日」。

〔三〕吴本、侯本「徹曉」以下分段。

【箋注】

①春將困：春天將盡。困，窮盡。

②漏暗：滴漏聲暗。暗，此處形容聲音細微。唐張蕭遠《觀燈》詩：「歌鐘喧夜更漏暗，羅綺滿街塵土香。」

③徹曉：徹旦。通宵達旦。《金華子雜編》卷上引唐陸翺《宴趙氏北樓》詩：「本爲愁人設，愁人徹曉愁。」

【評析】

這首詞殘破太甚，不能卒讀。前人已指出，上片「櫻花」、「漏暗」疑訛。下片缺十二字。結語十字平平，似摹寫情人幽會。

又

冉冉秋光留不住①，滿階紅葉暮②。又是過重陽，臺榭登臨處。茱萸香墜〔一〕③，紫菊氣飄庭户〔二〕④。晚煙籠細雨。嗈嗈新雁咽寒（一作愁）聲〔三〕⑤，愁恨年年長相似〔四〕。

【校勘記】

〔一〕晨本在此分段。

〔二〕蕭本在此分段。《詞律拾遺》卷二在此斷句。

〔三〕蕭本「嗈嗈」下多一「相」字。「咽」，侯本誤作「煙」。「寒」，粟本空格。

〔四〕「似」，《歷代詩餘》、《詞律拾遺》作「侶」。

【箋　注】

① 冉冉：形容時光漸漸流逝。南朝梁何遜《聊作百一體》詩：「生途稍冉冉，逝水日滔滔。」

② 紅葉：指楓、黄櫨等樹，經秋葉子變紅，統稱紅葉。韓愈《游青龍寺贈崔大補闕》詩：「友生招我佛寺行，正值萬株紅葉滿。」

③ 茱萸：一種香氣辛烈的植物，可入藥。我國古代有在農曆九月初九重陽節時佩茱萸祛邪闢惡的風俗。三國魏曹植《浮萍篇》：「茱萸自有芳，不若桂與蘭。」《西京雜記》卷三：「九月九日，佩茱萸，食蓬餌，飲菊華酒，令人長壽。」唐王維《九月九日憶山東兄弟》詩：「遥知兄弟登高處，遍插茱萸少一人。」

④ 庭户：泛指庭院。唐方干《新秋獨夜寄戴叔倫》詩：「遥夜獨不卧，寂寥庭户中。」

⑤ 噰噰：鳥類和鳴聲。《文選·孫綽〈游天台山賦〉》：「覿翔鸞之裔裔，聽鳴鳳之噰噰。」李善注：「《爾雅》曰：『噰噰，和也。』謂聲之和也。」咽：聲音滯澀。多用於形容悲切。寒聲：淒涼的聲音。唐皎然《隴頭水》詩之一：「隴頭水欲絶，隴水不堪聞。碎影摇槍壘，寒聲咽幔軍。」唐高適《燕歌行》詩：「殺氣三時作陣雲，寒聲一夜傳刁斗。」

【輯　評】

劉繼增《南唐二主詞箋》：此闋既不分段，亦不類本調，而他調亦無有似此填者。按以上六詞，原注謂出孟郡王家墨蹟，疑當時紙幅斷爛，録者謹依，錯簡如此。

【評　析】

劉繼增《南唐二主詞箋》曰：「此闋既不分段，亦不類本調，而他調亦無有似此填者。」《詞譜》所載《謝新恩》的詞調雖不止一種，但罕見像這首這樣用仄韻的，故歷來對這首詞的分段與斷句異説頗多。

這首詞主旨是抒寫秋恨。重陽登高，親友相攜，佩茱賞菊，本是詩詞中常吟誦的樂事。然而李煜寫重陽，劈頭便是「秋光留不住」的傷感。這種情緒當然是其處境、心境使然，與節日氣氛不相諧和。前四句寫登高，作者的視綫卻不在登高望遠處，反而注目腳下眼前滿階的紅葉。「紅葉暮」包含着多層意象。「紅葉」是零落的象徵，而「暮」既可指一日之黄昏，也是樹葉一生之末，同時也就暗寓了人的生命。登高而少望遠，反倒生出紅葉之悲，可見作者滿懷憂傷，無心過節。

接下來五句，連續以「茱萸」、「菊氣」、「晚煙」、「細雨」、「新雁」、「寒聲」來構造圖景，渲染氣氛，使人弄不明白，到底是作者的内心憂傷影響了重陽的景象？還是重陽的景象勾起了作者心底的憂傷？這就正如劉勰《文心雕龍·物色》所指出的：「物色相召，人誰得安？」結句「愁恨年年長相似」點醒主旨，收束景物描寫，見出悲哀感懷之深。

破陣子

四十年來家國〔一〕①，三千里地山河〔二〕②。鳳閣龍樓連霄漢〔三〕③，玉樹瓊枝作煙蘿〔四〕④，幾曾識干戈〔五〕⑤。　一旦歸爲臣虜〔六〕⑥，沈腰潘鬢銷磨⑦。最是倉皇辭廟日⑧，教坊猶奏別離歌〔七〕⑨，垂淚對宫娥〔八〕⑩。

【校勘記】

〔一〕「四」，《東坡先生志林》、《東坡題跋》、《苕溪漁隱叢話》、《詩話總龜》、《詞苑叢談》作「三」。

《希通録》作「二」。「年來」，同上各本作「餘年」。《東坡先生志林》作「年餘」。

〔二〕「三」，同上各本作「數」。

〔三〕「閣」，《全唐詩》、《詞林紀事》作「闕」。「漢」，蕭本缺此字。

〔四〕《東坡先生志林》、《東坡題跋》、《苕溪漁隱叢話》、《詩話總龜》、《希通録》、《詞苑叢談》俱缺此二句。

〔五〕「識」，《東坡先生志林》、《東坡題跋》、《詩話總龜》、《希通録》、《詞苑叢談》作「慣」。蕭本缺此字。「幾曾識」，耘經樓本《苕溪漁隱叢話》作「已曾慣見」。《海山仙館叢書》本作「幾曾慣見」。多一字，疑誤。

〔六〕「虜」，《詞苑叢談》作「妾」。《詞林紀事》作「僕」。

〔七〕「猶」，《花草粹編》、《全唐詩》、《詞林紀事》作「獨」。

〔八〕「垂」，《東坡先生志林》、《東坡題跋》、《容齋隨筆》卷五、《苕溪漁隱叢話》、《甕牖閒評》卷五、《詩話總龜》、《希通録》、《詞苑叢談》、《歷代詩餘》作「揮」。

【箋　注】

① 四十年：南唐自公元九三七年李昪代吴稱帝至公元九七五年亡國，歷先主、中主、後主三朝，首尾三十九年。此處舉其成數近四十年。

②三千里：馬令《南唐書》：「（南唐）共三十五州之地，號爲大國。」此「三千里」言疆域之廣，是約數。南唐當時疆域包括今江蘇、安徽、江西、福建一帶。

③鳳閣龍樓：泛指皇宫内的樓閣。南朝宋謝靈運《擬魏太子〈鄴中集〉詩》之《平原侯植》詩：「朝游登鳳閣，日暮集華沼。」唐劉長卿《至德三年春聞王師收二京因書事寄上浙西節度李侍郎五十韻》詩：「鳳駕瞻西幸，龍樓議北征。」

④玉樹瓊枝：形容樹木名貴美好。玉樹：傳説中的仙樹。《淮南子·地形訓》中記載：「（崑崙）上有木禾，其修五尋。珠樹、玉樹、璇樹、不死樹在其西。」煙蘿：草木茂密如煙籠霧罩，謂之「煙蘿」。唐李端《寄廬山真上人》詩：「更説謝公南座好，煙蘿到地幾重陰。」

⑤幾曾：何曾。干戈：兩種古代兵器。比喻戰爭。《史記·儒林列傳序》：「然尚有干戈，平定四海，亦未暇遑庠序之事也。」晉葛洪《抱朴子·廣譬》：「干戈興則武夫奮，《韶》《夏》作則文儒起。」

⑥臣虜：俘虜，被俘稱臣。《韓非子·五蠹》：「禹之王天下也，身執耒臿，以爲民先，股無胈，脛不生毛，雖臣虜之勞，不苦於此矣。」

⑦沈腰：《梁書·沈約傳》載沈約與徐勉言己老病曰：「百日數旬，革帶常應移孔，以手握臂，率計月小半分。以此推算，豈能支久？」後因以「沈腰」作爲人身體消瘦的代稱。潘鬢：晉潘岳《秋興賦》序：「余春秋三十有二，始見二毛。」後因以「潘鬢」謂中年早衰，鬢髮初白。唐李德裕《秋日登

郡樓望贊皇山感而成詠》詩：「越吟因病感，潘鬢入秋悲。」

⑧倉皇：也寫作「倉遑」、「倉徨」、「倉黄」。匆忙、慌張狀。《舊唐書》卷十二：「朕以眇身，獲承鴻業，務全大計，移幸山南，倉皇之間，備歷危險。」「辭廟」，古代帝王把自己的祖先供奉在廟裏，「辭廟」是表示辭别了祖先，即是離開了祖先創建的國家。夏承燾《南唐二主詞年譜》云，開寶八年（九七五）十一月二十七日，李煜「欲盡寶自焚，不果，乃帥司空知左右内史事殷崇義等肉袒出降」。「最是」句所指即此。

⑨教坊：我國古代掌管宮廷音樂的機構。武德年間，唐高祖置内教坊於禁中，屬太常寺。武則天改爲「雲韶府」。神龍年間（七〇五—七〇七），中宗李顯恢復舊稱。玄宗開元二年（七一四），又置内教坊於蓬萊宮側，京都置左右教坊，掌俳優雜技，教習俗樂，以宦官爲教坊使，從此不再屬太常寺。自此，教坊專管雅樂以外的音樂、舞蹈、百戲的教習、排練、演出等事務。宋、金、元各代亦置教坊，明置教坊司，司禮部，至清廢。

⑩宮娥：宮中的妃嬪與侍女。李後主宮娥的名字，現可考見的有黄保儀、流珠、喬氏、莊奴、薛九、宜愛、意可、窅娘、秋水、小花蕊等（見夏承燾《南唐二主年譜》）。唐姚合《詠雪》詩：「飛隨郢客歌聲遠，散逐宮娥舞袖迴。」

【輯評】

宋蘇軾《東坡志林·跋書李主詞》：後主既爲樊若水所賣（開寶三年，南唐不第士人樊若水奔宋上書，言江南可取），舉國與人，故當慟哭於九廟之外，謝其民而後行，顧乃揮淚對宮娥，聽教坊離曲哉。

宋洪邁《容齋隨筆》：東坡書李後主去國之詞云：「最是倉皇辭廟日，教坊猶奏別離歌，揮淚對宮娥。」以爲後主失國，當慟哭於九廟之外，謝其民而後行，乃對宮娥聽樂，形於詞句。予觀梁武帝啟侯景之禍，塗炭江左，以致覆亡。乃曰：「自我得之，自我失之，亦復何恨？」其不知罪己亦甚矣！竇嬰救灌夫，其夫人諫止之。嬰曰：「侯，自我得之，自我捐之，無所恨。」梁武帝用此言而非也。

宋袁文《甕牖閑評》卷五：蘇東坡記李後主去國詞云：「最是倉皇辭廟日（下略）」，以爲後主失國，當慟哭於廟門之外，謝其民而後行。乃對宮娥聽樂，形於詞句。余謂此決非後主詞也，特後人附會爲之耳。觀曹彬下江南時，後主預令宮中積薪誓言：「若社稷失守，當攜血肉以赴火。」其厲志如此。後雖不免歸朝，然當是時更有甚教坊，何暇對宮娥也。

清尤侗《西堂雜俎》一集卷八：東坡謂後主既爲樊若水所賣，舉國與人，故當慟哭於九廟之外，謝其民而後行，何仍揮淚對宮娥，聽教坊離曲？然不獨後主然也。安禄山之亂，明皇將遷幸。當是時，漁陽鼙鼓驚破霓裳，天子下殿走矣，猶戀戀於梨園一曲，何異揮淚對宮娥乎？後主嘗寄舊宮人書云：「此中日夕只以眼淚洗面。」而舊宮人入掖庭者手寫佛經爲李郎資福，此種情況，自是可憐。乃太宗以「小樓昨夜又東風」置之死地，不猶煬帝以「空梁落燕泥」殺薛道衡乎。

清毛先舒《南唐拾遺記》：案此詞或是追賦。倘煜是時猶作詞，則全無心肝矣。至若揮淚聽歌，特詞人偶然語。且據煜詞，則揮淚本爲哭廟，而離歌乃伶人見煜辭廟而自奏耳。

清王士禛編《五代詩話》卷一引《希通録》：項羽夜聞漢軍四面皆楚歌，泣數行下。歌曰：「力拔山兮氣蓋世，時不利兮騅不逝。騅不逝兮可奈何，虞兮虞兮奈若何。」《東坡志林》載李後主去國之詞云：「四十年來家國（下略）。」東坡謂後主當慟哭於九廟下，謝其民而行，卻乃揮淚宮娥，聽教坊離曲哉。歌辭淒愴，同歸一揆。然項王悲歌慷慨，猶有喑嗚叱吒之氣；後主直是養成兒女態耳。

清梁紹壬《兩般秋雨庵隨筆》卷二：「譏之者曰倉皇辭廟，不揮淚於宗社而揮淚於宮娥，其失業也宜矣，不知以爲君之道責後主，則當責之於垂淚之日，不當責於亡國之時。若以填詞之法繩後主，則此淚對宮娥揮爲有情，對宗社揮爲乏味也。此與宋蓉塘譏白香山詩謂憶妓多於憶民，同一腐論。

清蕭森《希通録》：項羽夜聞漢軍四面皆楚歌，泣數行下。歌曰：「力拔山兮氣蓋世，時不利兮騅不逝。騅不逝兮可奈何！虞兮虞兮奈若何！」《東坡志林》載李後主去國之詞云：「四十年來家國，八千里地山河。……幾曾識干戈」云云。東坡謂後主當慟哭於九廟之外，謝其民而後行，顧乃揮淚對宮娥，聽教坊離曲哉！歌詞淒愴，同歸一揆。然項王悲歌慷慨，猶有喑嗚叱吒之氣，後主直是養成兒女之態耳。

明顧起元《客座贅語》：薛九，江南富家子，得侍李後主。宮中善歌《嵇康曲》，曲爲後主所製。江南平，流落江北。嘗一歌之，座人皆泣。後易爲《嵇康曲舞》，詞云：「薛九三十侍中郎，蘭香花媚生春堂。龍蟠王氣變秋霧，淮聲泗水浮秋霜。宜城酒煙生霧服，與君試舞當時曲。玉樹遺詞悔重聽，黄塵染鬢無前緑。」

詹安泰《李璟李煜詞》：這是李煜描述離開南唐時的一種情事。前段是説自己一輩子在南唐這樣的國家裏完全不懂得戰爭是怎麽一回事。證以當時的吴國和代吴而起的南唐有較長時期不被戰禍，以及李煜是一個「生於深宫之中，長於婦人之手」的人，這種説法是符合事實的。後半是説一旦做了俘虜，在愁苦中消磨時日，身體必然是瘦削了，鬢髮必然是斑白了；而尤覺難堪的是，當慌慌張張辭别太廟的時候，教坊女樂還奏起别離的歌曲，只對着宫娥流淚這一個場面。就李煜生平的生活環境和他所寫的許多小詞看，這種説法也可能是真實的。從這裏，多少可以看出李煜的人物性格和特殊作風。有人爲了要迴護他在國家淪亡的關頭，不該全無心肝的還在「垂淚對宫娥」，因而認爲這決非李煜詞。並説他當曹彬下江南時，曾令積薪宫中，誓言若國家淪亡，當攜家人赴火死，來證實這詞係出於後人的僞作（袁文《甕牖閑評》）。這種離開作者的生活實踐和作品的具體表現來談作品的真僞，是不妥當的。「幾曾識干戈」已經不是任何一個人都説得出了，「垂淚對宫娥」，則尤非一般没有帝王的生活體驗的士大夫們所能設想得到。李煜有没有發過誓要與國家共存亡，發過誓後是否就會實踐，這一些暫且不論，（馬令《南唐書》是這樣記載過的。）但他降宋則是無可否認的事實。所以我認爲像這樣鮮明地刻誌着李煜的個性和作風的作品，是不應該看成是僞作的。

夏承燾《瞿髯論詞絶句》云：櫻桃落盡破重城，揮淚宫娥去國行。千古真情一鍾隱，肯抛心力寫詞經。

唐圭璋《唐宋詞簡釋》：此首後主北上後追賦之詞。上片，極寫江南之豪華，氣魄沉雄，實開宋人豪放一派。换頭，驟傳被虜後之淒涼，與被虜後之憔悴。今昔對照，警動異常。「最是」三句，忽憶當年臨别時最慘痛之事。當年江南陷落之際，後主哭廟，宫娥哭主，哀樂聲、悲歌聲、哭聲合成一片，直干雲霄。寧復知人間何世耶！後主於此事，印象最深，故歸汴以後，一念及之，輒爲腸斷。論者謂此詞悽愴，與項羽拔山之歌，同出一揆。後主聰明仁恕，不獨篤於父子昆弟夫婦之情，即臣民宫娥，亦無不一體愛護。故江南人聞後主死，皆巷哭失聲，設齋祭奠。而宫娥之入掖庭者，又手寫佛經，爲後主資冥福，亦可見後主感人之深矣。

【評　析】

李煜於建隆二年（九六一）七月嗣位，時年二十五歲，在位十五年。宋太祖開寶八年（九七五）金陵被攻破，李煜肉袒出降，此詞係李煜亡國淪爲臣虜之後，回首往事之作。

上片極盡濃縮之能事，從立國寫到亡國，從極樂寫到極悲，爲南唐短促的歷史作出概括。存續了近四十年的家國，有方圓三千里的山河。金陵豪華，皇宫中危樓高閣，棲鳳盤龍；御園内名花異樹，煙繞蘿纏。前四句凝煉堅實，氣象闊大，與當時花間派詞人的風格迥異，可視爲兩宋豪放詞的濫觴。結句「幾曾識干戈」轉折有力，一跌千丈，而又自然流走，承上啟下，生出下片屈爲臣虜的辛苦。

下片實寫亡國之悲戚。成了亡國的俘虜，朝夕以淚洗面，腰肢消瘦，鬢髮花白，這是李煜汴京囚居生活的辛酸寫照。當他回首往事的時候，那最不堪忍受的是在慌忙淒慘辭別太廟祖先的那一刻，宮中的樂工還吹奏着離別的曲子。昔日鍾愛音樂的後主，此刻只能在熟悉的音樂聲中與宮娥灑淚而别。

此詞棄比興而全用賦體，以情驅動，所以一抒悲情，痛快淋漓。此外，詞人很好地運用了對比手法，上片極言太平景象，山河一統，宮闕壯麗，正反襯出下片囚居生活的淒涼悲苦，從而揭示了作者連綿不盡的哀愁。夏承燾《瞿髯論詞絶句》云：「櫻桃落盡破重城，揮淚宮娥去國行。千古真情一鍾隱，肯抛心力寫詞經。」就是詠嘆這首《破陣子》。

浪淘沙令〔一〕

簾外雨潺潺①，春意將闌〔二〕②。羅衾不暖五更寒〔三〕③。夢裏不知身是客〔四〕，一餉貪歡〔五〕④。　獨自莫憑欄〔六〕⑤，無限關山〔七〕，别時容易見時難⑥。流水落花歸去也〔八〕⑦，天上人間⑧。

【校勘記】

〔一〕《南唐二主詞》（吕本除外）以外各本調名作「浪淘沙」。《草堂詩餘》、《詞的》、《古今詩餘醉》

題作「懷舊」。《嘯餘譜》題作「春暮懷舊」。

〔二〕「將闌」，吴本、吕本、蕭本、侯本、《類説》、《行營雜録》、《金玉詩話》、《雪舟脞語》以外各本作「闌珊」。

〔三〕「暖」，蕭本、晨本、《類説》、《詞的》、《詩餘圖譜》、《古今詞統》、《詞律》、《歷代詩餘》、《全唐詩》、《詞譜》、《詞林紀事》作「耐」。《行營雜録》、《金玉詩話》、《堯山堂外紀》作「奈」。

〔四〕「是」，《花草粹編》作「似」。

〔五〕「餉」，吴本、《金玉詩話》作「向」。

〔六〕「莫」，《花間集補》、《詞綜》、《歷代詩餘》卷一百十三引《詞苑》、《全唐詩》、《詞林紀事》作「暮」。

〔七〕「關」，《二主詞》、《苕溪漁隱叢話》、《詩語總龜》、《行營雜録》、《堯山堂外紀》、《詞苑叢談》以外各本作「江」。

〔八〕「歸」，吴本、吕本、蕭本、侯本、《唐宋諸賢絶妙詞選》、《花間集補》、《古今詞統》、《詞綜》以外各本作「春」。《古今詞統》注「『歸』誤作『春』」。「歸去」，《苕溪漁隱叢話》、《詩話總龜》、《詞苑叢談》作「何處」。吴本、侯本、蕭本注「一作『何處』」。「歸去也」吕本注「一作『何處也』」。

【箋　注】

①潺潺：水聲，此處指雨聲。唐柳宗元《雨中贈仙人山賈山人》詩：「寒江夜雨聲潺潺，曉雲遮盡仙

人山。」

②將闌：漸漸衰減、褪去。

③羅衾：絲製的被子。

④一餉：片刻。唐白居易《對酒》詩：「無如飲此銷愁物，一餉愁消直萬金。」《敦煌變文集·王昭君變文》：「若道一時一餉，猶可安排；歲久月深，如何可度。」蔣禮鴻《通釋》：「一餉，就是吃一餐飯的時間。」

⑤莫：有兩解，一讀去聲，解爲黄昏；一讀入聲，解爲勿。

⑥「别時」句：魏曹丕《燕歌行》詩：「别日何易會日難。」又唐戴叔倫《織女詞》詩：「難得相逢容易别。」

⑦流水落花：流水帶走落花，一去不返，用以表達惆悵失落之情。

⑧天上人間：天上與人間，懸殊巨大，此處是形容先後境遇（生活）的巨大落差。唐張泌《浣溪沙》詞：「天上人間何處去，舊歡新夢覺來時。」

【輯　評】

宋蔡絛《西清詩話》：南唐李後主歸朝後，每懷江國，且念嬪妾散落，鬱鬱不自聊。嘗作長短句「簾外雨潺潺」云，含思凄婉，未幾下世。

宋胡仔《苕溪漁隱叢話》前集卷五十九：《西清詩話》云：南唐李後主歸朝後，每懷江國，且念嬪妾散落，鬱鬱不自聊，嘗作長短句云：「簾外雨潺潺」（下略），含思淒婉。未幾下世。

明沈際飛《草堂詩餘正集》卷一：「夢覺」語妙，那知半生富貴，醒亦是夢耶？末句，可言不可言，傷哉。

明李攀龍《草堂詩餘雋》卷二：結句「春去也」，悲悼萬狀。

清賀裳《皺水軒詞筌》：南唐主《浪淘沙》曰：「夢裏不知身是客，一晌貪歡。」至宣和帝《燕山亭》則曰：「無據，和夢也有時不做。」情更慘矣。嗚呼，此猶《麥秀》之後有《黍離》也。

清郭麐《靈芬館詞話》卷二：綿邈飄忽之音，最爲感人深至。李後主之「夢裏不知身是客，一餉貪歡」所以獨絶也。

清許昂霄《詞綜偶評》：《浪淘沙》全首語意慘然。

清譚獻《譚評詞辨》卷二：雄奇幽怨，乃兼二難。後起稼軒，稍傖父矣。

清陳廷焯《詞則·大雅集》卷一：結得怨惋，尤妙在神不外散，而有流動之致。

清陳鋭《裦碧齋詞話》：古詩「行行重行行」，尋常白話耳；趙宋人詩亦説白話，能有此氣骨否？李後主詞「簾外雨潺潺」，尋常白話耳，金元人詞亦説白話，能有此纏綿否？

俞陛雲《唐五代兩宋詞選釋》：言夢中之歡，益見醒後之悲。昔日歌舞《霓裳》，不堪回首。結句「天上人間」，愴然欲絶，此歸朝後所作。尚有《破陣子》詞，則白馬迎降時作。其詞末句云：「最是倉皇辭廟日……揮淚對宫娥。」人譏其臨别之淚，不揮宗社而對於宫娥，譏之誠當；但詞則紀當時實事，想見其去國慘狀。《浪淘沙令》尤極淒黯之音，如峽猿之三聲腸斷也。

王國維《人間詞話》：詞至李後主而眼界始大，感慨遂深，變伶工之詞而爲士大夫之詞。周介存置諸温、韋之下，可謂顛倒黑白矣。「自是人生長恨水長東」、「流水落花春去也，天上人間」，《金荃》、《浣花》，能有此氣象耶？

俞平伯《讀詞偶得》：詞中抒情，每以景寓之，獨後主每直抒心胸，一空倚傍，當非有所謝短，亦非有所不屑（抒情何必比寫景高），乃緣衷情切至，忍俊不禁耳。若此傳誦最廣之名作，其勝場何在，究亦難言。凡兹所説，亦不敢自是，管窺蠡測而已。試觀全章，有一句真在寫景物乎？曰，無有也。勉强數之，只一首句説雨聲，未嘗言見也。況依文法言，此只一讀，謂全章無一句寫景，非過言也。此等寫法，非情勝者不能。

劉永濟《唐五代兩宋詞簡析》：此亦託爲别情，實乃思念故國之詞。「流水」句，以比「見時難」也。「流水」、「落花」、「春去」，三事皆難重返者，當未流、未落、未去之時，比之已流、已落、已去之後，有如天上之比人間，以見重見别後之江山，其難易相差，亦如此也。

唐圭璋《唐宋詞簡釋》：此首殆後主絶筆，語意慘然。五更夢回，寒雨潺潺，其境之黯淡淒涼可知。「夢裏」兩句，憶夢中情事，尤覺哀痛。换頭宕開，兩句自爲呼應，所以「獨自莫憑闌」者，蓋因憑闌見無限江山，又引起無限傷心也。此與「心事莫將和淚説，鳳笙休向淚時吹」，同爲悲憤已極之語。

辛稼軒之「休去倚危闌，斜陽正在、煙柳斷腸處」亦襲此意。「別時」一句，説出過去與今後之情況。自知相見無期而下世亦不久矣。故「流水」兩句，即承上申説不久於人世之意。水流盡矣，花落盡矣，春歸去矣，而人亦將亡矣。將四種了語，併合一處作結，肝腸斷絶，遺恨千古。

唐圭璋《李後主評傳》：一片血淚模糊之詞，慘淡已極。深更半夜的鵑啼，巫峽兩岸的猿嘯，怕没有這樣哀吧！宋徽宗被虜北行也作了一首《燕山亭》詞，結末道：「萬水千山……除夢裏、有時曾去。無據，和夢也有時不做。」這兩位遭遇同等的「風流天子」，前後如出一轍。《長恨歌》結尾説：「天長地久有時盡，此恨綿綿無盡期。」我們讀他的詞，也有這樣的感想。後來詞人，或刻意音律，或賣弄典故，或堆垛色彩，像後主這樣純任性靈的作品，真是萬中無一。因此我們説後主詞是空前絶後，也不過分吧。

詹安泰《李璟李煜詞》：這詞的情意很悲苦，應是李煜被俘後感到十分哀痛時寫出來的，《西清詩話》的説法可信。前段實寫當時的生活和感受：聽雨聲，傷春意，感寒重，都是很不好過的。但夢中竟不識趣，忘了自己已經是一個囚徒，一時間還貪戀着帝王般的歡樂生活。在這種截然不同的苦和樂的生活情況對照之下，就越發感到心上的創傷不斷劇痛起來，從而認識到舊日的情事，是不堪回首的了，一回首，只有加深自己的悲痛。因此，後段就自己警告自己説：「獨自莫憑闌！」爲什麽？無限關山，已難再見，正像落花隨流水，一去不復回，天上人間成永訣，難道還堪憑闌眺望嗎？憑闌眺望，勢必回想前事，只有增加悲痛。這在夢裏是没有辦法控制的，受了夢裏的經驗教訓之後，可以自己控制的現實生活，難道還可以很莽撞地不加控制嗎？這是李煜不敢憑闌望的真正的苦衷。正因爲他不敢憑闌望，才越發體現出他對故國的滅亡是具有何等悲痛的心情！有人認爲李煜在當時只回想舊日的歡樂，貪圖舊日的歡樂，把他「夢裏不知」的情事看成他有意回想的情事，把他害怕接觸到的境界看成他十分願望的境界，這是不符合於這詞的具體表現和作者的真情實意的。

【評析】

《西清詩話》云：「南唐李後主歸朝後，每懷江國，且念嬪妾散落，鬱鬱不自聊，嘗作長短句『簾外雨潺潺』云云。含思淒婉，未幾下世。」這首詞被認爲是李煜的絶命之作。全詞以現實的囚徒生活和片刻歡娱的夢境作對比，於宛轉淒苦、低沉悲愴的基調中，道出了這個亡國之君的故國之思。

上片用逆筆寫夢境。起首兩句寫夢醒狀景。五更夢回，簾外是潺潺的雨聲和即將消逝的殘春。第三句的「五更寒」既指自然界的氣候，也指詞人内心的淒傷。如此寂寞零落的暮春夜雨給以下的夢裏抒情作了有力的反襯。四五句寫夢醒的感喟。夢裏的「一餉貪歡」是對往事的沉迷和追攀，一個「客」字點出被囚身份，可憐可嘆。然而夢中越是歡樂，就越反襯出現實的淒涼冷酷。

下片用揣想寫現實。首二句寫因「憑欄」而入目的山川景色會勾起對故國的無限懷戀，徒增傷感。「無限關山」當指《破陣子》所言「三千里地山河」，亦即南唐的家國山川。「别時容易見時難」之「别」，亦即指與家國山川之别，指金陵城破，倉皇辭廟，被押北上。而「見時難」，則是説亡國之君再想回金陵已是不可能了。這也就是他「莫憑欄」的原因。末兩句嘆息春歸何處，照應開篇的「春意將闌」，「流水」、「落花」、「春去」三事都是一去不復返的，以此比喻自身面臨的厄運，亦暗示自己一生即將結束。

傷春傷別，具有其普遍性。詞中以「流水落花」比喻往日歡情，有一定的感染力，而「別時容易見時難」一句，以凝煉的語言概括了生活中通常會經歷到的一種人生體驗，能夠引起離別中的人的共鳴，這種共鳴作用引起的心靈震蕩，往往還是相當强烈的。

漁父〔一〕①

閬苑有情千里雪〔二〕②。桃李無言一隊春〔三〕③。一壺酒，一竿身〔四〕④，快活如儂有幾人〔五〕。

【校勘記】

〔一〕《花草粹編》題作「題供奉衛賢《春江釣叟圖》」。

〔二〕「閬苑」，《詩話總龜》、《歷代詩餘》、《全唐詩》作「浪花」。「情」，同上作「意」。「里」，晨本《二主詞》補遺引彭元瑞《五代史注》作「重」（其他異文與《詩話總龜》等相同者不另校）。

〔三〕「李」，《詩話總龜》、《歷代詩餘》、《全唐詩》作「花」。

〔四〕「身」，《詩話總龜》作「鱗」。

〔五〕「快活」，《詩話總龜》作「世上」。

【箋　注】

①王仲聞云，《晨風閣叢書》本《南唐二主詞》補遺云「右二闋見《全唐詩》、《歷代詩餘》，筆意凡近，疑非後主作也」。案此二詞乃後主金索書（疑即金錯書，即金錯刀書）題衛賢《春江釣叟圖》上，北宋劉道醇親見之（據《五代畫品補遺》），必非僞作。

②閬苑：閬風之苑，傳説中仙人的住處。《集仙録》：「西王母所居宫闕，在閬風之苑，有城千里，玉樓十二。」唐王勃《梓州郪縣靈瑞寺浮圖碑》：「玉樓星峙，稽閬苑之全模；金闕霞飛，得瀛洲之故事。」

③桃李無言：《史記·李將軍列傳》：「諺曰『桃李不言，下自成蹊』。」意爲桃李不需要人夸或自贊，以其花美艷，其實甘美，人爭赴之，樹下自然走出一條路來。

④一竿身：一根釣竿。

【評　析】

這兩首小詞是歷史上最早出現的題畫詞。據《全唐詩》、《宣和畫譜》、《歷代詩餘》，這兩首詞當初都是題寫在内供奉、名畫家衛賢所繪的《春江釣叟圖》上面的。雖然王國維認爲「筆意凡近，疑非李後主作」，但因以上諸舊籍言之鑿鑿，故仍舊將它們輯録在後主集内。

唐人張志和自稱煙波釣徒，每垂釣不設魚餌，志不在魚。曾作《漁歌子》：「西塞山前白鷺飛，桃花流水鱖魚肥。青箬笠，緑蓑衣，斜風細雨不須歸。」李煜不僅詞調承張志和而來，意境也與之相似。但畢竟作者身份、經歷不同，所表現的情緒也頗有差異。

第一首前兩句對仗工整自然，情景交融。以諺語「桃李無言」對「閬苑有情」，不取諺語所喻，只爲將景物擬人化，作成佳對，襯託漁父。接下來兩個三字句，寫好極難。「一壺酒」寫出漁父的精神狀態，「一竿身」説明漁父的職業和身份。末句突現高峰：「快活如儂有幾人。」「儂」當「我」講，這句話是漁父自述，也流露了李煜對理想化了的自由、樂天的勞動者的艷羨，以及他的遁世的心情。

又

一棹春風一葉舟，一綸繭縷一輕鉤〔一〕①。花滿渚②，酒盈甌〔二〕，萬頃波中得自由。

【校勘記】

〔一〕「綸」，《五代名畫補遺》誤作「輪」。

〔二〕「盈」，《五代名畫補遺》以外各本作「滿」。

【箋注】

①繭縷：絲綫。此處指釣魚綫。輕鉤：釣魚鉤。

②渚：小洲。

【輯評】

宋俞成《螢雪叢説》卷上：杜詩「丹霞一縷輕」，李後主《漁父》詞「螢縷一鉤輕」（按與原句不符），胡少汲詩「隋堤煙雨一帆輕」。至若騷人於漁父則曰「一蓑煙雨」，於農夫則曰「一犁春雨」，於舟子則曰「一篙春水」，皆曲盡形容之妙也。

王國維《南唐二主詞》：右二闋見《全唐詩》、《歷代詩餘》，筆意凡近，疑非李後主作也。彭文勤《五代史》注引《翰府名談》：張文懿家有《春江釣叟圖》，衛賢畫，上有李後主《漁父詞》二首云云，此即《全唐詩》、《歷代詩餘》之所本。但字句小有不同，兹從《五代史》注引改正。

【評析】

首二句不再是聯對，而是排句，仍以白描手法寫春江行船，漁父垂釣。作者用了四個重疊的數詞「一」，和三個形象的量詞，寫來十分自然雋秀。接下來兩個三字句，承前首直接抒情。前一首説「桃李」「一隊春」，此首「花滿渚」，洲渚開滿春天的花朵。前一首説「一壺酒」，此首「酒滿甌」，則見出興致之高。結句「萬頃波中得自由」，進一步强化第一首結句中的「快活」二字，道出了釣叟所以「快活」的理由。

此外，以上兩首詞都反復用了「一」字，不僅在語調上形成一種回旋起伏的輕快韻律，又與「千重雪」、「萬頃波」有一種語意上的對比。凡是人之所用，都往少裏説；凡是自然之所有，都往多裏講，「弱水三千取一瓢飲」，作者著意表現這種多與少的關係，包含着對自然哲理的感悟。

烏夜啼〔一〕①

無言獨上西樓，月如鉤。寂寞梧桐深院②，鎖清秋。　剪不斷，理還亂，是離愁。别是一般滋味在心頭〔二〕。

【校勘記】

〔一〕《詞的》、《全唐詩》、《詞林紀事》調作「相見歡」。又，《詞的》、《續選草堂詩餘》、《古今詩餘醉》題作「離懷」。《清綺軒詞選》題作「秋閨」。

〔二〕「是」，《花草粹編》、《堯山堂外紀》引孟昶詞作「有」。

【箋　注】

①王仲聞云：案此詞別見《花草粹編》卷一（引《古今詞話》）、《堯山堂外紀》卷四十、《古今詞統》卷三（注「一刻李後主」）、沈雄《古今詞話》詞話卷上並作孟昶。清吴任臣《十國春秋》卷四十九亦以《相見歡》詞爲孟昶作。《古今詞話》乃南宋初楊湜所撰，時代早於黄昇《唐宋諸賢絶妙詞選》，當較可據。胡仔《苕溪漁隱叢話》後集卷三十九云「《古今詞話》以古人好詞、世所共知者，易甲爲乙，稱其所作。仍隨其詞牽合爲説，殊無根蒂，皆不足信也」。「《詞話》所記，多是臆説，初無所據，故不可信」。「《詞話》中可笑者甚衆」。斥之頗烈。而黄昇所選比較謹慎。惟黄昇所收唐五代詞如張泌《浣溪沙》「枕障薰爐隔繡幃」，李煜《山花子》「菡萏香銷翠葉殘」、「手捲珠簾上玉鉤」，馮延巳《謁金門》「風乍起」等闋均非無疑問之作，而《山花子》二首則確非後主所作。《烏夜啼》詞究爲孟作抑李作，未能斷定。

②梧桐：落葉喬木，柄長葉闊，材可用於製樂器。入秋梧桐落葉最早，所以「梧桐葉落」即表示秋天已來臨，後常用以比喻事物衰敗的徵兆。《廣群芳譜・木譜六・桐》：「立秋之日，如某時立秋，至期一葉先墜，故云：『梧桐一葉落，天下盡知秋。』」

【輯　評】

宋黄昇《唐宋諸賢絶妙詞選》卷一：此詞最悽惋，所謂「亡國之音哀以思」。

明沈際飛《草堂詩餘續集》卷下：七情所至，淺嘗者說破，深嘗者說不破，破之淺，不破之深。「別是」句妙。

明茅暎《詞的》卷一：絶無皇帝氣。可人，可人。

清徐釚《詞苑叢談》：南唐李後主《烏夜啼》一詞，最爲悽惋。詞曰：「無言獨上西樓」云云，所謂亡國之音哀以思也。

清陳廷焯《雲韶集》卷一：淒涼況味，欲言難言，滴滴是淚。

清陳廷焯《詞則·大雅集》卷一：哀感頑艷，只說不出。

王闓運《湘綺樓詞選》前編：「詞之妙處，亦別是一般滋味。」

俞陛雲《唐五代兩宋詞選釋》：後闋僅十八字，而腸回心倒，一片淒異之音，傷心人固別有懷抱。《花庵詞選》：「所謂亡國之音哀以思。」

劉永濟《唐五代兩宋詞簡析》：此亦李煜降宋後作（節）。上半闋言所處之寂寞。下半闋滿腹離怨，無語可以形容，故樸直說出。「別是」句，尤爲沉痛。蓋亡國君之滋味，實盡人世悲苦之滋味無可與比者。故曰：「別是一般。」此二首表面似春秋閨怨之詞，因不敢明抒己情，而託之閨人離思也。

俞平伯《讀詞偶得》：玩其詞情，亦分五轉，上三下二。自來盛傳其「剪不斷，理還亂」以下四句，其實首句「無言獨上西樓」六字之中，已攝盡悽惋之神矣。

俞平伯《唐宋詞選釋》：這篇在《花庵詞選》有「悽惋哀思」的評語。雖上片寫景，下片抒情，凄涼的氣象，卻融會全篇，如起筆「無言獨上西樓」一句，已攝盡悽惋的神情。「別是一番滋味」也是離愁。剪不斷，理還亂，還可形狀，這卻説不出，是更深一層的寫法。

唐圭璋《唐宋詞簡釋》：此首寫别愁，悽惋已極。「無言獨上西樓」一句，敘事直起，畫出後主愁容。其下兩句，畫出後主所處之愁境。舉頭見新月如鉤，低頭見桐陰深鎖，俯仰之間，萬感縈懷矣，此片寫景亦妙。惟其桐陰深黑，新月乃愈顯明媚也。下片，因景抒情。換頭三句，深刻無匹，使有千絲萬縷之離愁，亦未必不可剪，不可理。此言「剪不斷，理還亂」，則離愁之紛繁可知，所謂「别是一般滋味」，是無人嘗過之滋味，惟有自家領略也。後主以南朝天子，而爲北地幽囚，其所受之痛苦、所嘗之滋味，自與常人不同。心頭所交集者，不知是悔是恨，欲説則無從説起，且亦無人可説，故但云「别是一般滋味」，究竟滋味若何，後主且不自知，何況他人？此種無言之哀，更勝於痛哭流涕之哀。

【評　析】

這首詞是李煜囚居汴京一座深院小樓，因悲秋而産生故國之思所作，深摯渾厚，感人肺腑。

上片寫悲秋。起句意藴極爲豐富。「無言」二字描繪出詞人無人共語、孤寂無歡的慘淡愁容，更透出了其内心痛苦無人訴説、也不對人説、説也無用的濃重愁情。再續以「獨上」，則詞人形影相弔之狀可以想見，所謂「六字之中，已攝盡悽惋之神」（俞平伯《讀詞偶得》）。二三兩句狀景，由於身處西樓，則一爲仰視，一爲俯視。月是殘月，象徵着人事的缺憾，院則是寂寞清秋，似乎所有的蕭瑟秋意都集中濃縮而「鎖」在詞人囚居的小院之中，這些當然帶着濃重的主觀感情色彩。一個「鎖」字，在生動狀景的同時，又暗點詞人處境，可謂高度凝煉，境界全出。

下片直抒離愁。「剪不斷」三句巧用比喻將原本無可名狀的愁情寫得具體可感，以有形喻無形，堪稱千古妙筆。結句虚寫，用的卻是大實話。歷來詩詞寫離愁別恨不乏佳句。或寫愁之深，如李白《遠別離》「海水直下萬里深，誰人不言此離苦」；或寫愁之長，如李白《秋浦歌》「白髮三千丈，緣愁似箇長」；或寫愁之重，如李清照《武陵春》「只恐雙溪舴艋舟，載不動許多愁」；或寫愁之多，如秦觀《千秋歲》「春去也，飛紅萬點愁如海」；或寫愁之色，如李白《菩薩蠻》「平林漠漠煙如織，寒山一帶傷心碧」。這首詞則寫出愁之味：「別是一般滋味在心頭。」獨特而真切，可謂味在咸酸之外，但植根於人心之中，是心之深處才可感受的滋味。劉永濟更認爲「蓋亡國君之滋味，實盡人世悲苦之滋味無可與比者，故曰『別是一般』」。

全詞章法和句法都很簡單，無意雕飾，純以白描見長，善於用平常、樸素而又富於表現力的語言，表現出深刻而真摯的思想感情。

附録一　存疑詞

南唐中主李璟

浣溪沙〔一〕①

風壓輕雲貼水飛〔二〕。乍晴池館燕爭泥〔三〕②。沈郎多病不勝衣③。　沙上未聞鴻雁信〔四〕④，竹間時有鷓鴣啼〔五〕⑤。此情惟有落花知。

【校勘記】

〔一〕《草堂詩餘》、《花草粹編》題作「春恨」。《東坡全集》卷七十五題作「春情」。明吴訥《唐宋名賢百家詞》本《東坡詞》、清毛扆紫芝漫鈔本《東坡詞》、《古今詩餘醉》題作「春晴」。

〔二〕「雲」，紫芝漫鈔本《東坡詞》誤作「霜」。

〔三〕「晴」，《唐宋名賢百家詞》本《東坡詞》誤作「時」。

〔四〕「未」，《唐宋名賢百家詞》本《東坡詞》、紫芝漫鈔本《東坡詞》、四印齋刻元延祐本《東坡樂府》作「不」。

〔五〕「有」，《東坡全集》、紫芝漫鈔本《東坡詞》、《古今詩餘醉》、《歷代詩餘》、《全唐詩》作「聽」。

【箋　注】

①據王仲聞按，此詞乃宋蘇軾所作，見宋傅幹《注坡詞》卷十、《東坡全集》卷七十五、明吴訥《唐宋名賢百家詞》本《東坡詞》卷下等。

②池館：池苑館舍。南朝齊謝脁《游後園賦》：「惠氣湛兮帷殿肅，清陰起兮池館涼。」燕爭泥：燕子爭着銜泥築巢。

③沈郎多病不勝衣：沈約因體弱多病，連衣服的重量都受不了。此處以沈郎喻己。典故見前《破陣

子》箋注⑦。

④鴻雁信：大雁傳書。典故見前《清平樂》箋注④。

⑤鷓鴣啼：民間以鷓鴣鳴聲似言「行不得也哥哥」，故常爲古人藉以抒寫離情別緒。鷓鴣，一種鳥。《文選·左思〈吴都賦〉》：「鷓鴣南翥而中留，孔雀綷羽以翱翔。」劉逵注：「鷓鴣，如雞，黑色，其鳴自呼。或言此鳥常南飛不止。豫章已南諸郡處處有之。」

又〔一〕①

一曲新詞酒一杯②，去年天氣舊亭臺③。夕陽西下幾時回。　無可奈何花落去，似曾相識燕歸來④。小園香徑獨徘徊⑤。

【校勘記】

〔一〕《草堂詩餘》、《堯山堂外紀》、《詞的》、《十國春秋》題作「春恨」。

【箋　注】

①此詞爲晏殊所作，見《珠玉詞》。

② 此句作者化用唐白居易《長安道》詩：「花枝缺處青樓開，艷歌一曲酒一杯。」新詞，剛填好的詞。

③ 此句作者化用唐鄭谷《和知己秋日傷感》詩：「流水歌聲共不回，去年天氣舊池臺。」去年天氣，與去年此日相同的天氣。舊亭臺，舊時的亭臺樓閣。

④ 燕歸來：秋冬時節燕子向温暖的南方遷徙，春天來時燕子又由南往北飛，因此稱爲「歸來」。

⑤ 小園香徑：花草芳香的園中小徑，或花園中灑滿落花的小徑。

帝臺春〔一〕①

芳草碧色②，萋萋遍南陌③。飛絮亂紅〔二〕④，也似知人〔三〕⑤，春愁無力⑥。憶得盈盈拾翠侶〔四〕⑦，共攜賞、鳳城寒食⑧。到今來，海角逢春，天涯行客〔五〕。愁旋釋⑨，還似織⑩。淚暗拭⑪，又偷滴。謾倚遍危欄〔六〕⑫，儘黄昏⑬，也只是暮雲凝碧〔七〕⑭。拚則而今已拚了⑮，忘則怎生便忘得⑯。又還問鱗鴻⑰，試重尋消息〔八〕。

【校勘記】

〔一〕《草堂詩餘》、《花草粹編》、《堯山堂外紀》、《詞的》、《古今詞統》、《古今詩餘醉》題作「春恨」。《唐宋諸賢絶妙詞選》題作「春感」。

〔二〕「飛」，《樂府雅詞》、《唐宋諸賢絶妙詞選》、《詞綜》、《詞譜》作「暖」。

〔三〕「似」，同上各本無此字。

〔四〕「拾」，《堯山堂外紀》誤作「捨」。

〔五〕「行」，《樂府雅詞》作「爲」。《唐宋諸賢絶妙詞選》、《詞譜》作「倦」。

〔六〕「謾」，《樂府雅詞》此下有「佇立」二字。

〔七〕「只」，汲古閣本《草堂詩餘》作「正」。「凝」，《堯山堂外紀》誤作「疑」。

〔八〕「尋」，《詞學叢書》本《樂府雅詞》缺此字。

【箋　注】

①據王仲聞按，此首乃宋李甲所作，見《樂府雅詞》卷下、《唐宋諸賢絶妙詞選》卷三、《草堂詩餘》前集卷上（《類編》本卷三）、《花草粹編》卷十、《詞的》卷四、《古今詩餘醉》卷四、《填詞圖譜》卷五、《詞綜》卷十、《詞律》卷十五、《詞譜》卷二十五。《古今詞統》注云「一刻李景元」。甲字景元，《堯山堂外紀》等遂誤作李璟（景）。

②芳草碧色：香草呈現出碧緑的顔色。芳春，香草。漢班固《西都賦》：「竹林果園，芳草甘木。郊野之富，號爲近蜀。」

③萋萋：草木茂盛的樣子。《詩經·周南·葛覃》：「葛之覃兮，施于中谷，維葉萋萋。」毛傳：「萋

萋，茂盛貌。」遍南陌：遍布南邊的田間小路。陌，田間小道。《史記・商君列傳》：「爲田開阡陌封疆，而賦税平。」

④飛絮：飄飛的柳絮。南北朝庾信《楊柳歌》：「獨憶飛絮鵝毛下，非復青絲馬尾垂。」亂紅：淩亂的落花。唐顧況《溪上》詩：「驚起鴛鴦宿，水雲撩亂紅。」

⑤也似知人：也好像懂得人的内心。

⑥春愁無力：春日的愁緒使人感到有氣無力。南朝梁元帝《春日》詩：「春愁春自結，春結詎能申。」唐李白《愁陽春賦》：「春心蕩兮如波，春愁亂兮如雲。」

⑦盈盈：儀態美好貌。盈，通「嬴」。《文選・古詩〈青青河畔草〉》：「盈盈樓上女，皎皎當窗牖。」李善注：「《廣雅》曰：『嬴，容也。』『盈』與『嬴』同。」拾翠侣：一起游玩的伴侣。拾翠，拾取翠鳥羽毛以爲首飾。後多指婦女游春。語出三國魏曹植《洛神賦》：「或採明珠，或拾翠羽。」

⑧鳳城：京城的美稱。唐杜甫《夜》詩：「步簷倚杖看牛斗，銀漢遥應接鳳城。」仇兆鰲注引趙次公曰：「秦穆公女吹簫，鳳降其城，因號丹鳳城。其後言京城曰鳳城。」此指汴京開封。寒食：節日名。在清明前一日或二日。相傳春秋時晉文公負其功臣介之推，之推隱於綿山。文公悔悟，燒山逼令出仕，之推抱樹焚死。人民同情介之推的遭遇，相約於其忌日禁火冷食，以爲悼念。以後相沿成俗，謂之寒食。按，《周禮・秋官・司烜氏》「中春以木鐸修火禁於國中」，則禁火爲周的舊制。漢劉向《别録》有「寒食蹋蹴」的記述，與介之推死事無關；晉陸翽《鄴中記》、《後漢書・周

舉傳》等始附會爲介之推事。寒食日有在春、在冬、在夏諸説，惟在春之説爲後世所沿襲。南朝梁宗懔《荆楚歲時記》：「去冬節一百五日，即有疾風甚雨，謂之寒食。禁火三日，造餳大麥粥。」唐韓翃《寒食》詩：「春城無處不飛花，寒食東風御柳斜。」

⑨愁旋釋：愁情即刻消散。

⑩還似織：還是像絲一樣牽扯不斷。織，布帛的總稱，這裏用以形容扯不斷的愁緒。《後漢書·列女傳》：「織生自蠶繭。」

⑪淚暗拭：偷偷地擦去眼淚。

⑫謾倚遍危欄：不要遍倚那高高的欄干。謾，莫，不要。危欄，高欄。

⑬儘黄昏：儘同盡，任也。唐杜甫《朱鳳行》詩：「愿分竹實及螻蟻，盡使鴟梟相怒號。」

⑭暮雲凝碧：傍晚時的雲呈現出深緑的顔色，意謂夜色漸濃。

⑮拚則而今已拚了：要捨棄的現在已經捨棄了。拚，捨棄。

⑯忘則怎生便忘得：（想要）忘卻的卻怎麽也忘卻不了。

⑰鱗鴻：魚雁。指書信。晉傅咸《紙賦》：「鱗鴻附便，援筆飛書。」又作「鴻鱗」，《漢書·蘇武傳》載有雁足傳書之事，漢蔡邕《飲馬長城窟行》有「客從遠方來，遺我雙鯉魚。呼兒烹鯉魚，中有尺素書」之句。後人糅合兩事用「鴻鱗」指代書信。

南唐後主李煜

更漏子〔一〕①

金雀釵〔二〕②，紅粉面，花裏暫時相見〔三〕。知我意，感君憐，此情須問天。香作穗〔四〕③，蠟成淚，還似兩人心意〔五〕。山枕膩〔六〕④，錦衾寒⑤，夜來更漏殘〔七〕⑥。

【校勘記】

〔一〕《尊前集》注「大石調」。

〔二〕「雀」，吴訥《唐宋名賢百家詞》本《尊前集》誤作「省」。

〔三〕「時」，四印齋本《花間集》作「如」。

〔四〕「穗」，吴訥《唐宋名賢百家詞》本《尊前集》誤作「穩」。

〔五〕「似」，《彊村叢書》本《尊前集》作「是」。

〔六〕「山」，蕭本、晨本作「珊」。劉繼增《南唐二主詞箋》云「舊鈔本作『珊』」。「膩」，侯本作墨釘。

〔七〕「夜」，《花間集》及各本引温庭筠詞作「覺」。

【箋注】

① 此首宋紹興本《花間集》作温庭筠詞，後明毛晉《尊前集》誤屬李煜。王仲聞按語云，此首别見《花間集》卷一、《金奩集》、《花草粹編》卷四、《歷代詩餘》卷十五、《全唐詩》第十二函（詞三），並作温庭筠。《尊前集》題作李主，後人并據以輯入《南唐二主詞》，非也。《花間集》輯於後蜀廣政三年，其時後主只有四歲，所作不可能收入《花間集》。此詞非後主作甚明。

② 金雀釵：一種頭飾。帶有雀形飾物的金釵。《晉書·元帝紀》：「將拜貴人，有司請市雀釵，帝以煩費不許。」南朝梁何遜《嘲劉諮議詩》：「雀釵横曉鬢，蛾眉艷宿妝。」南朝吴均《行路難》：「還君玳瑁金雀釵，不忍見此使心危。」《釋名》：「爵釵，釵頭及上施爵也。」爵通「雀」。

③ 香作穗：指焚香後煙似散未散像穗子的形狀。一説指香燒後上端彎下像穗垂下的樣子。

④ 山枕膩：枕頭積污。山枕，山形的枕頭。古代枕頭多用木、瓷等製作，中間凹陷，兩端突起，其形如山，故名。膩，積污，污垢。

⑤ 更漏殘：指天快亮的時候。更漏，即漏壺。古代用滴漏計時，夜間憑漏刻傳更，故名。唐李肇《唐國史補》卷中：「惠遠以山中不知更漏，乃取銅葉製器，狀如蓮花，置盆水之上，底孔漏水，半之則沉，每晝夜十二沉，爲行道之節，雖冬夏短長，雲陰月黑，亦無差也。」殘，剩餘。

蝶戀花　見《尊前集》。《本事曲》以爲山東李冠作。〔一〕①

遥夜亭皋閑信步〔二〕②。乍過清明〔三〕，早覺傷春暮。數點雨聲風約住〔四〕③，朦朧淡月雲來去。　桃李依依春暗度〔五〕。誰在鞦韆〔六〕，笑裏低低語〔七〕。一片芳心千萬緒〔八〕，人間没個安排處④。

【校勘記】

〔一〕侯本此注在詞後。《花草粹編》亦有此注。又，《唐宋諸賢絶妙詞選》、《類編草堂詩餘》、《詞的》、《古今詩餘醉》題作「春暮」。

〔二〕「閑」，吴本誤作「閉」。「信」，吴本、吕本、侯本作「倒」。「倒步」不可解，必「信步」之誤。劉繼增《南唐二主詞箋》云「舊鈔本作『信』」。

〔三〕「乍」，《唐宋諸賢絶妙詞選》、《詞的》作「才」。《類編草堂詩餘》、《古今詞統》、《古今詩餘醉》、《歷代詩餘》、《全唐詩》作「才」。「乍過」，《歐陽文忠公近體樂府》羅泌校語云「一作『過了』」。

〔四〕「早」，《古今詩餘醉》、《歷代詩餘》、《全唐詩》、《歐陽文忠公近體樂府》、《醉翁琴趣外篇》、《樂府雅詞》、《唐宋諸賢絶妙詞選》、《類編草堂詩餘》、《詞的》、《古今詞統》作「漸」。「傷春暮」，

《歐陽文忠公近體樂府》羅泌校語云「一作『春將暮』」。

〔五〕「李」，《尊前集》、《唐宋諸賢絶妙詞選》、《類編草堂詩餘》、《詞的》、《古今詞統》作「杏」。《歐陽文忠公近體樂府》注「一作『杏』」。「依依」，《歐陽文忠公近體樂府》、《醉翁琴趣外篇》、《樂府雅詞》、《唐宋諸賢絶妙詞選》、《類編草堂詩餘》、《詞的》、《古今詞統》作「依稀」。《歐陽文忠公近體樂府》羅泌校語云「一作『無言』」。「春」，《尊前集》作「風」。《歐陽文忠公近體樂府》、《醉翁琴趣外篇》、《樂府雅詞》、《唐宋諸賢絶妙詞選》、《類編草堂詩餘》、《詞的》、《古今詞統》，《古今詩餘醉》、《歷代詩餘》、《全唐詩》作「香」。

〔六〕「誰」，《歐陽文忠公近體樂府》羅泌校語云「一作『人』」。「在」，《歐陽文忠公近體樂府》、《醉翁琴趣外篇》、《樂府雅詞》作「上」。《近體樂府》注「一作『在』」。

〔七〕「笑」，汲古閣《詞苑英華》本《尊前集》作「影」。「低低」，《歐陽文忠公近體樂府》、《醉翁琴趣外篇》、《樂府雅詞》、《唐宋諸賢絶妙詞選》、《類編草堂詩餘》、《詞的》、《古今詞統》、《古今詩餘醉》、《歷代詩餘》、《全唐詩》作「輕輕」。《歐陽文忠公近體樂府》羅泌校語云「一作『低低』」。

〔八〕「片」，《歐陽文忠公近體樂府》、《醉翁琴趣外篇》、《樂府雅詞》、《唐宋諸賢絶妙詞選》、《類編草堂詩餘》、《古今詞統》作「寸」。「芳心」，《歐陽文忠公近體樂府》、《樂府雅詞》、《唐宋諸賢絶妙詞選》、《類編草堂詩餘》、《詞的》、《古今詞統》作「相思」。《歐陽文忠公近體樂府》羅泌校語云「一作『芳心』」。

【箋　注】

①王仲聞按，《南唐二主詞》原注云「《本事曲》以爲山東李冠作」。《唐宋諸賢絶妙詞選》卷六、《類編草堂詩餘》卷二、《詞的》卷三、《古今詞統》卷九、《詞綜》卷八、《後山詩話》、《詞品》卷二、《渚山堂詞話》卷二均以爲李冠作。此詞别又作歐陽修，見《歐陽文忠公近體樂府》卷二（羅泌校語云「《尊前集》作李主詞」）、吴訥《唐宋名賢百家詞》本《六一詞》卷二（注「《尊前集》作李主詞」）、《醉翁琴趣外篇》卷一、《樂府雅詞》卷上。《宋六十名家詞》又以爲是中主李璟所作。

②遥夜：長夜。《楚辭·九辯》：「靚杪秋之遥夜兮，心繚悷而有哀。」又唐張九齡《望月懷遠》詩：「情人怨遥夜，竟夕起相思。」亭皋：水邊的平地。《漢書·司馬相如傳》：「亭皋千里，靡不被築。」信步：隨意行走。唐齊己《游谷山寺》詩：「此身有底難拋事，時復攜筇信步登。」

③約住：約束住。「數點」句云風來雨停，雨聲被風止住了。

④「人間没個」一句承上句而言，是説人心中有千頭萬緒，仿佛這人間都没有地方可以容納下它們。

三臺令①

不寐倦長更②，披衣出户行。月寒秋竹冷③，風切夜窗聲④。

【箋　注】

①王仲聞按，此首乃唐無名氏作，見宋郭茂倩《樂府詩集》卷七十五，題作「上皇三臺」。此首又見明嘉靖本《萬首唐人絶句》卷七（趙宧光本卷五）、《全唐詩》第一函第六册樂府十，並作韋應物，而韋集（汲古閣本《韋蘇州集》、《四部叢刊》本《韋江州集》）不載。殆以《樂府詩集》此首前爲韋應物《三臺》兩首，洪邁遂誤以爲韋作。沈雄《古今詞話》云「相傳爲李後主詞」，無據。

②不寐：睡不着。長更：長夜。

③月寒：月色清冷。

④風切夜窗聲：晚風刮在窗上，呼呼作響。切，用以形容風刮在窗上，卻像刀切入人的内心一般。

開元樂①

心事數莖白髮〔一〕②，生涯一片青山〔二〕。空林有雪相待〔三〕，野路無人自還〔四〕。

【校勘記】

〔一〕「數」，清刻本《詩人玉屑》作「千」。日本刊本仍作「數」。

〔二〕「青」，《萬首唐人絶句》作「春」。趙宧光本仍作「青」。

〔三〕「林」，《南唐二主詞彙箋》誤作「山」。

〔四〕「野」，《東坡題跋》、《萬首唐人絶句》、《詩話總龜》前集卷六作「古」。「自」，同上作「獨」。

【箋注】

① 王仲聞按，《東坡題跋》卷二載此詩，題云「李主好書神仙隱遁之詞，豈非遭離世故，欲脱世網而不得者耶。」胡仔《苕溪漁隱叢話》前集卷五十八（引東坡）、阮閲《詩話總龜》前集卷六（引《百斛明珠》）、後集卷四十下（引東坡）、魏慶之《詩人玉屑》並引之。東坡云「好書」，則此首後主所書，實非自作。《萬首唐人絶句》卷二十六（趙宧光本卷十）載此詩，署顧況作，題作「歸山」。唐圭璋《南唐二主詞彙箋》（兼據邵長光輯録《二主詞》稿本）以爲李煜詞，實非。「開元樂」調名始見趙令時《侯鯖録》卷七所載沈括詞四首，以此名李煜之詞，亦非。

② 數莖：若干根（白髮）。

搗練子〔一〕①

雲鬟亂②，晚妝殘，帶恨眉兒遠岫攢③。斜託香腮春筍嫩〔二〕④，爲誰和淚倚闌干⑤。

【校勘記】

〔一〕《花草粹編》題作「春恨」。《詞的》、《續選草堂詩餘》、《清綺軒詞選》題作「閨情」。

〔二〕「香」，《花間集補》作「杏」。「筍」，《清綺軒詞選》作「笑」。「嫩」，《花草粹編》、《全唐詩》作「嬾」。

【箋注】

①案《南唐二主詞》原無此闋（據吴本、蕭本、侯本、《晨》本），《花草粹編》卷一載此詞不著撰人姓氏。《詞林萬選》題後主作，未知何據。吕本據《詞林萬選》收入卷末（原注云「出升庵《詞林萬選》」）。以後各選本俱本《詞林萬選》以此詞爲後主作。各家補遺多從之不疑。

②雲鬟：女子濃黑如雲的鬢髮。《樂府詩集·横吹曲辭五·古辭〈木蘭詩〉》：「當窗理雲鬢，對鏡帖花黄。」唐李商隱《無題》詩：「曉鏡但愁雲鬢改，夜吟應覺月光寒。」

③遠岫攢：遠處的山巒聚在一起，喻皺眉。後宋王觀《卜算子》詞化爲：「水是眼波横，山是眉峰聚。」

④春筍：春天的竹筍，喻女子白嫩的手。

⑤和淚：含淚。

【輯　評】

清徐釚《詞苑叢談》：李重光「深院靜」小令一闋，升庵曰：「詞名《搗練子》，即詠搗練也。」復有「雲鬢亂」一篇，其詞亦同，衆刻無異。嘗見一舊本，則俱係《鷓鴣天》，二詞之前，各有半闋。其「雲鬢亂」一闋云：「節候雖佳景漸闌，吴綾已暖越羅寒。朱扉日暮隨風掩，一樹藤花獨自看。雲鬢亂，晚妝殘，眉兒遠岫攢。斜託香腮春筍嫩，爲誰和淚倚闌干？」其「深院靜」一闋云：「塘水初澄似玉容，所思還在別離中。誰知九月初三夜，露似珍珠月似弓。深院靜，小庭空，斷續寒砧斷續風。無奈夜長人不寐，數聲和月到簾櫳。」

柳枝①

風情漸老見春羞②，到處芳魂感舊游〔一〕③。多見長條似相識〔二〕④，强垂煙穗拂人頭〔三〕⑤。

【校勘記】

〔一〕「芳」，《西溪叢話》、《邵氏聞見後録》、《墨莊漫録》、《客座贅語》、《全唐詩》作「消」。

〔二〕「見」，同上作「謝」。

〔三〕「穗」，同上作「態」。

【箋　注】

①王仲聞按，此首別見宋姚寬《西溪叢語》卷上、邵博《邵氏聞見後録》卷十七、張邦基《墨莊漫録》卷二、明顧起元《客座贅語》卷四、清《全唐詩》第一函第二册（題作「賜宮人慶奴」），未云是詞。沈雄《古今詞話》、《歷代詩餘》並引《客座贅語》（《歷代詩餘》實引沈雄《古今詞話》之説，未檢原書）以爲《柳枝詞》，未知何據。

②風情：男女相愛之情。

③芳魂：美人的魂魄。

④長條：柳枝。南朝梁元帝《緑柳》詩：「長條垂拂地，輕花上逐風。」

⑤煙穗：垂柳的枝葉。柳樹被霧氣所籠罩稱之爲「煙柳」，煙柳枝葉狀如穗，故稱。

憶王孫〔一〕①

萋萋芳草憶王孫②。柳外樓高空斷魂〔二〕③。杜宇聲聲不忍聞④。欲黄昏，雨打梨花深閉門〔三〕。

【校勘記】

〔一〕《詞的》、《清綺軒詞選》題作「春景」。《唐宋諸賢絶妙詞選》題作「春詞」。《花草粹編》題作「春」。

〔二〕「樓高」，《花草粹編》作「高樓」。

〔三〕「深」，《草堂詩餘》、《詞的》作「空」。

【箋注】

①王仲聞按，《憶王孫》四首，乃宋李重元所作，見宋黄昇《唐宋諸賢絶妙詞選》卷七、明陳耀文《花草粹編》卷一（其他選本、《詞譜》亦引之，不列舉）。《清綺軒詞選》題李重光作，殆以「重元」與「重光」字形相近致誤。沈雄《古今詞話》詞辨卷下云「李甲字景元，即訛爲中主之作。一如李重元《憶王孫》四首，便推爲後主詞矣」。是此詞四首，明人或清初人即已誤作李煜，不始於《清綺軒詞選》也。

②萋萋芳草憶王孫：典出《楚辭·招隱士》：「王孫游兮不歸，春草生兮萋萋。」

③斷魂：哀傷。

④杜宇聲聲：杜鵑鳥一聲聲地啼叫。葛立方《韻語陽秋》引《成都記》載：杜宇又曰杜主，自天而

降，稱望帝，好稼穡，治郫城。後望帝死，其魂化爲鳥，名曰杜鵑。

又〔一〕

風蒲獵獵小池塘①，過雨荷花滿院香②。沈李浮瓜冰雪涼③。竹方床，針綫慵拈午夢長。

【校勘記】

〔一〕《清綺軒詞選》題作「夏景」。《唐宋諸賢絶妙詞選》題作「夏詞」。《花草粹編》題作「夏」。

【箋　注】

① 風蒲：指蒲柳。唐杜牧《赴京初入汴江曉景即事先寄兵部李郎中》詩：「露蔓蟲絲多，風蒲燕雛老。」獵獵：物體隨風吹動的樣子。南唐陳陶《海昌望月》詩：「獵獵谷底蘭，摇摇波上鷗。」

② 過雨荷花：雨後的荷花。

③ 沈李浮瓜冰雪涼：放入井裏冰鎮的水果冰涼的，李子沈入水中瓜浮水上。

又〔一〕

颼颼風冷荻花秋①，明月斜侵獨倚樓。十二珠簾不上鉤。黯凝眸，一點漁燈古渡頭②。

【校勘記】

〔一〕《清綺軒詞選》題作「秋景」。《唐宋諸賢絶妙詞選》題作「秋詞」。《花草粹編》題作「秋」。

【箋　注】

① 荻花：一種多年生草本植物的花，秋天盛開，形似蘆花。唐白居易《琵琶行》：「潯陽江頭夜送客，楓葉荻花秋瑟瑟。」

② 漁燈：漁船上的燈火。唐皮日休《釣侶》詩之二：「煙浪濺篷寒不睡，更將枯蚌點漁燈。」渡頭：渡口。南朝梁簡文帝《烏棲曲》之一：「採蓮渡頭擬黄河，郎今欲渡畏風波。」

又〔一〕

同雲風掃雪初晴〔二〕，天外孤鴻三兩聲①。獨擁寒衾不忍聽。月籠明②，窗外梅花瘦影横〔三〕。

【校勘記】

〔一〕《清綺軒詞選》題作「冬景」。《唐宋諸賢絶妙詞選》題作「冬詞」。《花草粹編》題作「冬」。

〔二〕「同」，《唐宋諸賢絶妙詞選》作「彤」。

〔三〕「瘦影」，《類編草堂詩餘》作「影瘦」。

【箋注】

①孤鴻：孤單的大雁。三國魏阮籍《詠懷詩》之一：「孤鴻號外野，朔鳥鳴北林。」唐張九齡《感遇》詩之四：「孤鴻海上來，池潢不敢顧。」

②月籠：月光。《梁書·沈約傳》：「風騷屑於園樹，月籠連於池竹。」

後庭花破子①

玉樹後庭前②，瑶草妝鏡邊〔一〕③。去年花不老，今年月又圓。莫教偏④，和月和花〔二〕，大教長少年〔三〕。

【校勘記】

〔一〕「草」，《遺山樂府》作「華」。

〔二〕「和月和花」，《遺山樂府》、《花草粹編》作「和花和月」。

〔三〕「大」，各家補遺俱作「天」。康熙己巳寶翰樓原刻本《古今詞話》實作「大」，唐圭璋《詞話叢編》本亦訛作「天」。「教」，《遺山樂府》、《花草粹編》作「家」。

【箋　注】

① 王仲聞按，沈雄《古今詞話》詞辨卷上云「《後庭花破子》，李後主、馮延巳相率爲之。則是『玉樹後庭前……』」。此詞李作抑馮作，沈雄未有説明。案王灼《碧雞漫志》卷五詳考《後庭花》曲，未云有《後庭花破子》。《後庭花破子》，始見金元人集中，元好問《遺山樂府》、王惲《秋澗先生大全集》、邵亨貞《蟻術詞選》俱有之（邵詞名「後庭花」，無「破子」二字）。北曲仙吕宫有《後庭花》（見楊朝英《樂府新編陽春白雪》後集卷一，又《朝野新聲太平樂府》卷五），字句與此詞正同。是《後庭花破子》，乃金元小令，《詞譜》亦云「此調創自金元」。沈雄所云「李後主、馮延巳相率爲之」，實無稽之談。此詞乃金元好問所作，見《遺山樂府》卷下。元作《後庭花破子》兩首。第一首即此首，第二首云「夜夜璧月圓，朝朝瓊樹新。貴人三閣上，羅衣拂繡茵。後庭人，和花和月，共分今夜春」。俱用陳後主叔寶故事，俱有「和花和月」句。集内此二首後，尚附有孫正卿梁和詞一首。

此詞又見《花草粹編》卷一，無撰人姓氏。

②玉樹：見《破陣子》注。

③瑶草：傳説中的香草。漢東方朔《與友人書》：「相期拾瑶草，吞日月之光華，共輕舉耳。」

④偏：偏倚。此處指變化。

長相思〔一〕①

一重山，兩重山，山遠天高煙水寒②。相思楓葉丹③。　菊花開，菊花殘，塞雁高飛人未還〔二〕④。一簾風月閒⑤。

【校勘記】

〔一〕《草堂詩餘》、《嘯餘譜》題作「秋怨」。

〔二〕「塞雁高飛」，《栟櫚集》作「雁已西飛」。

【箋　注】

①王仲聞按，此首乃宋鄧肅之作，見《栟櫚集》卷十一，並見清王鵬運刻《宋元三十一家》詞本《栟櫚

詞》。《四印齋所刻詞》陳鍾秀本《草堂詩餘》卷下題作鄧肅。此首原見《草堂詩餘》前集卷下，不著撰人姓名。《類編草堂詩餘》等以爲李後主，無據。

②煙水：霧氣迷濛的水面。唐孟浩然《送袁十嶺南尋弟》詩：「蒼梧白雲遠，煙水洞庭深。」

③楓葉丹：楓葉呈現出紅色。楓葉：楓樹葉。楓樹春季開花，葉子掌狀三裂。楓葉經秋季而變爲紅色，因此稱「丹楓」。古代詩文中常用楓葉形容秋色。

④塞雁：塞外的鴻雁，亦作「塞鴻」。塞雁春季北去，秋季南歸，古人常藉以表達對故鄉親人的思念。唐白居易《贈江客》詩：「江柳影寒新雨地，塞鴻聲急欲霜天。」

⑤風月：清風明月。

浣溪沙①

轉燭飄蓬一夢歸②，欲尋陳跡悵人非③。天教心願與身違。　待月池臺空逝水④，蔭花樓閣謾斜暉〔一〕⑤。登臨不惜更沾衣⑥。

【校勘記】

〔一〕「蔭」，《全唐詩》作「映」。

【箋注】

①王仲聞按，此首乃南唐馮延巳之作，見《陽春集》與《花草粹編》卷二。《歷代詩餘》、《全唐詩》誤以爲後主作。

②轉燭：風吹燭火。用來比喻世事變幻莫測。唐杜甫《佳人》詩：「世情惡衰歇，萬事隨轉燭。」飄蓬：飄動的蓬草，比喻人世滄桑，飄泊不定。蓬，蓬草，多年生草本植物，枯後根斷，遇風飛旋，故又稱「飛蓬」。《詩經·衛風·伯兮》：「自伯之東，首如飛蓬。」南朝梁劉孝綽《答何記室》詩：「游子倦飄蓬，瞻途杳未窮。」

③陳跡：遺跡，舊跡。悵：悵惘。

④待月：等待月亮升上來，暗指夜深人靜時情人私下幽會。池臺：池苑樓臺。南朝宋劉義慶《世説新語·豪爽》：「晉明帝欲起池臺，元帝不許。」逝水：逝去的流水，比喻失去的光陰。

⑤蔭花：蔭掩在花樹中的樓閣。蔭，隱藏，遮擋。謾：同「漫」，彌漫。斜暉：傍晚的光輝。南朝梁簡文帝《序愁賦》：「玩飛花之入户，看斜暉之度寮。」

⑥沾衣：淚濕衣襟。沾：沾濕，浸潤。

更漏子〔一〕①

柳絲長〔二〕，春雨細，花外漏聲迢遞②。驚寒雁〔三〕③，起寒烏〔四〕④，畫屏金鷓鴣⑤。香霧薄，透重幕〔五〕⑥，惆悵謝家池閣⑦。紅燭背⑧，繡幃垂〔六〕，夢長君不知。

【校勘記】

〔一〕《尊前集》注「大石調」。

〔二〕「絲」，吴訥《唐宋名賢百家詞》本《尊前集》作「絮」。《彊村叢書》本校記云「原本『絲』作『絮』，從毛本」。

〔三〕「寒」，《彊村叢書》本《尊前集》、《花間集》及各本引温庭筠詞作「塞」。

〔四〕「起」，吴訥《唐宋名賢百家詞》本《尊前集》誤作「趙」。「寒」，《花間集》及各本引温庭筠詞作「城」。

〔五〕「重」，同上各本作「簾」。

〔六〕「帷」，同上各本作「簾」。

【箋　注】

① 王仲聞云：吴訥《唐宋名賢百家詞》本《尊前集》注云「《金奩集》作温飛卿」。毛晉汲古閣《詞苑英華》本《尊前集》注云「《金荃集》作温飛卿」。《彊村叢書》本《尊前集》無此注，諒爲梅禹金鈔本所奪。此首别見《花間集》卷一、《金奩集》、《唐宋諸賢絶妙詞選》卷一、《花草粹編》卷四、《詞綜》卷

一、《歷代詩餘》卷十五、《全唐詩》第十二函第十册（詞三），俱作温庭筠詞。此首既見於《花間集》，決非後主所作。《尊前集》題作李主，誤也。宋人或誤以此詞爲蘇軾作，見傅幹《注坡詞》傅共序。

②漏聲：計時用的滴漏之聲。唐杜甫《奉和賈至舍人早朝大明宫》詩：「五夜漏聲催曉箭，九重春色醉仙桃。」迢遞：本意指延綿貌，此處指連續不斷地傳來。

③寒雁：寒天的大雁。南北朝庾信《秋夜望單飛雁》詩：「失群寒雁聲可憐，夜半單飛在月邊。」

④寒烏：寒天的烏鴉。南朝梁沈約《愍衰草賦》：「秋鴻兮疏引，寒烏兮聚飛。」

⑤畫屏：繪有圖畫的屏風。南朝梁江淹《空青賦》：「亦有曲帳畫屏，素女綵扇。」

⑥重幕：層疊的簾幕。

⑦謝家：泛指閨閣。華鍾彦注此句謂：「唐李太尉德裕有妾謝秋娘，太尉以華屋貯之，眷之甚隆，詞人因用其事，而稱謝家。蓋泛指金閨之意，不必泥於秋娘也。」五代張泌《寄人》詩：「别夢依依到謝家，小廊回合曲闌斜。」

⑧紅燭背：紅燭燃盡。背，指燭盡或燈盡。唐朱慶餘《惆悵詩》詩：「夢裏分明入漢宫，覺來燈背錦屏空。」

南歌子（二）①

雲鬟裁新緑②，霞衣曳曉紅③。待歌凝立翠筵中④，一朵彩雲何事下巫峰⑤。趁拍鸞飛鏡⑥，回身燕颺空⑦。莫翻紅袖過簾櫳，怕被楊花勾引嫁東風。

【校勘記】

〔一〕《東坡全集》題作「舞妓」。

【箋　注】

① 王仲聞云：案此首乃蘇軾所作，見《東坡全集》卷七十五並見汲古閣《六十名家詞》本《東坡詞》。雲南楊氏《三李詞》原注云「一本作蘇軾詞」。鄭振鐸云「此詞風格不類後主，不知楊氏據何本收入，疑係誤載」。

② 裁：修剪、安排。新緑：指剛梳理好的頭髮呈現出烏黑的色澤。

③ 霞衣：色彩艷麗如雲霞般的衣服。曳：拖，拉。曉紅：指早晨太陽初升時的紅色霞光。

④ 凝立：一動不動地站立。翠筵：指青緑色的席子。翠，青緑色。筵，古時鋪在地上供人坐的墊底的竹席。古人席地而坐，設席每每不止一層。緊貼地面的一層稱筵，筵上面的稱席。鄭玄注《周禮》：「筵亦席也。鋪陳曰筵，藉之曰席。」

⑤ 彩雲：彩色的雲朵。此處謂巫山神女。《文選·高唐賦序》：「昔者先王嘗游高唐，怠而晝寢。夢見一婦人，曰：『妾巫山之女也，爲高唐之客。聞君游高唐，願薦枕席。』王因幸之。去而辭

曰：『妾在巫山之陽，高丘之阻，旦爲朝雲，暮爲行雨，朝朝暮暮，陽臺之下。』旦朝視之，如言，故爲之立廟，號曰朝雲。」此典後用以表男女幽會。巫峰：即巫山，在今重慶、湖北邊境。此句用巫山神女比喻舞女的光彩照人。

⑥趁拍：和着節拍。鸞飛鏡：《太平御覽》卷九百十六引南朝宋范泰《鸞鳥詩序》：「昔罽賓王結罝峻卯之山，獲一鸞鳥，王甚愛之，欲其鳴而不致也。乃飾以金樊，饗以珍羞。對之逾戚，三年不鳴。夫人曰：『聞鸞見其類而後鳴，何不懸鏡以映之？』王從言。鸞睹影感契，慨焉悲鳴，哀響中霄，一奮而絶。」「鸞鏡」後用作指化妝時用的鏡子。唐駱賓王《代女道士王靈妃贈道士李榮》詩：「龍飆去去無消息，鸞鏡朝朝減容色。」

⑦燕颺空：燕子在空中翻飛，此處比喻女子舞姿輕盈美好。

鷓鴣天

節候雖佳景漸闌〔一〕①，吴綾已暖越羅寒②。朱扉日暮隨風掩〔二〕，一樹藤花獨自看。雲鬢亂，晚妝殘〔三〕，帶恨眉兒遠岫攢。斜託香腮春筍嫩，爲誰和淚倚闌干。

【校勘記】

〔一〕「候」，《歷代詩餘》作「氣」。

〔二〕「隨」，《蕙風詞話》作「無」。

〔三〕「晚」，《海山仙館叢書》本《詞苑叢談》作「曉」。

【箋　注】

① 節候：時令氣候。《南齊書·褚炫傳》：「從宋明帝射雉，至日中，無所得……炫獨曰：『今節候雖適，而雲霧尚凝，故斯翬之禽，驕心未警。』」唐劉商《重陽日寄上饒李明府》詩：「重陽秋雁未啣蘆，始覺他鄉節候殊。」闌：將盡。

② 吴綾：古代吴地所産的一種絲織品。以輕薄著名。乾隆《吴江縣志》卷五：「吴綾見稱往昔，在唐充貢。今郡屬惟吴江有之，邑西南境多業此（二十都及二十一、二、三都皆是），名品不一，往往以其所産地爲稱（如溪綾、蕩北、南濱之類）。其紋之擅名於古，而至今相沿者，方紋及龍鳳紋，至所稱天馬闢邪之紋，今未見之。其創於後代者，奇巧日增，不可殫紀。」五代薛昭蘊《醉公子》詞：「慢綰青絲髮，光砑吴綾襪。」越羅：古代越地所産的絲織品，以輕柔精緻著稱。唐劉禹錫《酬樂天衫酒見寄》詩：「酒法衆傳吴米好，舞衣偏尚越羅輕。」

又①

深院塘水初澄似玉容②，所思還在別離中〔一〕。誰知九月初三夜，露似珍珠月似弓。

靜，小庭空，斷續寒砧斷續風〔二〕。無奈夜長人不寐，數聲和月到簾櫳。

【校勘記】

〔一〕「還」，《蕙風詞話》作「猶」。

〔二〕「寒砧」，《蕙風詞話》作「聲隨」。

【箋　注】

① 王仲聞云：清賀裳《皺水軒詞筌》云「李重光『深院靜』小令，升庵曰『詞名《搗練了》，即詠搗練也』。復有『雲鬟亂』一篇，其調亦同，衆刻無異。嘗見一舊本，則俱係《鷓鴣天》。二詞之前，各有半闋。『節候雖佳景漸闌……』，『塘水初澄似玉容……』。增前四語，覺神采加倍」。徐釚《詞苑叢談》及《歷代詩餘》並從其説。況周儀《蕙風詞話》以爲此二詞出自楊慎，而不知出自賀裳，失考。《搗練子》「深院靜」一首、「雲鬟亂」一首，或以爲馮延巳作，或引其中詞句作「中行」，是否後主之作，多有疑問（説俱見前）。《晨風閣叢書》本《南唐二主詞》校勘記引《詞苑叢談》，並云「『可憐九月初三夜，露似珍珠月似弓』，此樂天《暮江吟》後二句，見《白氏長慶集》卷十九，後主不應全襲之。且《鷓鴣天》下半首平仄亦與《搗練子》不合。顯係明人贋作。徐氏信之，誤矣」。按此二首中尚襲用元稹、王渙詩句。「朱扉日暮隨風掩」乃元稹《晚春》詩「柴扉日暮隨風掩」，「所思多

在别離中」乃王涣《惆悵》詩「所思多在别離中」，各换一字而已。後主詞用前人詩句者，僅「車如流水馬如龍」一句。此二首襲用成句如是之多，幾成集句，非後主所宜爲，顯是僞作。

② 玉容：女子姣好的容貌。晉陸機《擬〈西北有高樓〉》詩：「玉容誰得顧，傾城在一彈。」

青玉案〔一〕①

梵宫百尺同雲護②，漸白滿蒼苔路③。破臘梅花李蚤露④。銀濤無際⑤，玉山萬里⑥，寒罩江南樹。　鴉啼影亂天將暮，海月纖痕映煙霧⑦。修竹低垂孤鶴舞⑧。楊花風弄，鵝毛天剪，總是詩人誤。

【校勘記】

〔一〕《古今詩餘醉》原題作「山林積雪」。

【箋　注】

① 王仲聞云：此首筆意淺近，風格全不似後主，其僞處人所共見。《古今詩餘醉》題作後主，未知何據。

② 梵宫：梵天的宫殿。同雲：《詩經·小雅·信南山》：「上天同雲，雨雪雰雰。」朱熹《詩集傳》：

「同雲，雲一色也。將雪之候如此。」因以爲降雪之典。

③漸白滿：漸漸地地面覆滿了白雪。蒼苔路：布滿青色苔蘚的路。

④破臘：歲末。李蚤露：李花早早地出現了。李，李花。

⑤銀濤：銀色的波濤，這裏指大雪。

⑥玉山：雪山。唐杜牧《奉和僕射相公嘉雪》詩：「銀闕雙高銀漢裏，玉山横列玉墀前。」

⑦纖痕：細微的痕跡。此處海月纖痕指月影暗淡。

⑧修竹：高高的竹子。漢枚乘《梁王菟園賦》：「脩竹檀欒夾池水，旋菟園，並馳道。」

秋霽〔一〕①

虹影侵堦②，乍雨歇長空，萬里凝碧③。孤鶩高飛④，落霞相映，遠狀水鄉秋色。黯然望極，動人無限愁如織〔二〕⑤。又聽得，雲外數聲，新雁正嘹嚦⑥。當此暗想，畫閣輕拋，杳然殊無，些箇消息。漏聲稀，銀屏冷落⑦，那堪殘月照窗白。衣帶頓寬猶阻隔⑧。算此情苦，除非宋玉風流⑨，共懷傷感，有誰知得。

【校勘記】

〔一〕《類編草堂詩餘》題作「秋晴」。

〔三〕「人」，雙照樓本《草堂詩餘》誤作「水」。

【箋　注】

①王仲聞云：案此首見《草堂詩餘》後集卷上，題作陳後主（《類編草堂詩餘》卷四同）。清萬樹《詞律》卷十八已指出其誤。四印齋刻陳鍾秀本《草堂詩餘》上卷、《花草粹編》卷十一載此詞均不注撰人姓氏。《詞品》卷二、《詞譜》卷三十四以爲胡浩然作。明陳仁錫本《類選箋釋草堂詩餘》誤以傳誤，以陳後主爲李後主，更不可據。

②虹影侵堦：彩虹的影子照上臺階，雨後之景。

③凝碧：濃緑色。唐柳宗元《界圍巖水簾》詩：「韻磬叩凝碧，鏘鏘徹巖幽。」

④孤鶩：孤單的野鴨。唐王勃《滕王閣序》：「落霞與孤鶩齊飛，秋水共長天一色。」

⑤愁如織：愁如絲，形容愁緒萬端。如織，密集貌。唐李白《菩薩蠻》：「平林漠漠煙如織，寒山一帶傷心碧。」

⑥嘹嚦：聲音響亮淒清。

⑦銀屏：鑲銀的屏風。唐白居易《長恨歌》詩：「攬衣推枕起徘徊，珠箔銀屏邐迤開。」

⑧衣帶頓寬：形容人突然間消瘦。衣帶，束衣的帶子。《古詩十九首·行行重行行》詩：「相去日已遠，衣帶日已緩。」

⑨宋玉風流：宋玉的儒雅風度。宋玉，戰國時楚國著名辭賦家，或爲屈原弟子。其流傳作品《九辯》中有名句「悲哉秋之爲氣也」，故後人常以宋玉爲悲秋的代表人物。又傳説其人才高貌美，遂亦爲美男子的代稱。唐杜甫《詠懷古跡》詩：「摇落深知宋玉悲，風流儒雅亦吾師。」

斷句

別易會難無可奈。見《能改齋漫録》卷十六、《歷代詩餘》卷一百十三引《能改齋漫録》、《詞林紀事》卷二引《能改齋漫録》。

又[1]

細雨濕流光[2]。見《苕溪漁隱叢話》前集卷五十九引《雪浪齋日記》、《耆舊續聞》卷二、《草堂詩餘》後集卷下李後主《虞美人》詞後引《雪浪齋日記》、《詩話總龜》後集卷三十二引《雪浪齋日記》、《歷代詩餘》卷一百十三引《雪浪齋日記》。

【箋　注】

①王仲聞云：案「細雨濕流光」乃馮延巳《南鄉子》詞首句，見《陽春集》。《雪浪齋日記》引王安石語、《耆舊續聞》並以爲李後主詞，未知何據。又宋張端義《貴耳集》卷上引周文璞語云「《花間

集》只有五字絶佳，『細雨濕流光』，景意俱微妙」。《花間集》並無此五字，周文璞之語必有誤也。

②流光：如流水般逝去的光陰。唐鮑防《人日陪宣州范中丞傳正與范侍御傳真宴東峰亭》詩：「流光易去懽難得，莫厭頻頻上此臺。」濕：沾濕，打濕。此處運用通感的修辭來描繪其感受。

【輯　評】

王國維：人知和靖《點絳唇》、聖俞《蘇幕遮》、永叔《少年游》三闋，爲詠春草絶調，不知先有正中「細雨濕流光」五字，皆能攝春草之魂者。

附録二　南唐二主生平資料

南唐中主李璟

一、宋薛居正《舊五代史》卷一百三十四：景，本名璟，及將臣於周，以犯廟諱，故改之。昪之長子也。昪卒，乃襲僞位，改元爲保大。以仲弟遂爲皇太弟，季弟達爲齊王，仍於父柩前設盟約，兄弟相繼。景僭號之後，屬中原多事，北土亂離，雄據一方，行餘一紀。其地東暨衢婺，南及五嶺，西至湖湘，北據長淮，凡三十餘州，廣袤數千里，盡爲其所有，近代僭竊之地，最爲强盛。（節）周顯德二年（九五五）冬，世宗始議南征，以宰臣李穀爲前軍都部署。是冬，周師圍壽春。三年（九五六）春，世宗親征淮甸，大敗淮寇於正陽，遂進攻壽州。尋又今上敗何延錫於渦口，擒皇甫暉於滁州。景聞之大懼，遣其臣鍾謨、李德明等奉表於世宗，乞爲附庸之國，仍歲貢百萬之數。又進金銀器幣及犒軍牛酒。未幾，又遣其臣孫晟、王崇質等奉表修貢，且言：「景願割濠、壽、泗、楚、光、海等六州之地，隸於大朝，乞罷攻討。」世宗未之許。（節）四年（九五七）春，世宗再駕南征。三月，大敗江南援軍於紫金山，尋下壽州，乃命班師。是歲冬十月，世宗復臨淮甸，連下濠、泗二郡，進攻楚州。明年春正月，拔之，遂移幸揚州，駐大軍於迎鑾，將議濟江。景聞之，自謂亡在朝夕，乃欲謀傳位其世子，使稱藩於周。遣其臣陳覺奉表陳情，且順世宗之旨焉。覺至，世宗召對於御幄，是時江北諸州，惟廬、舒、蘄、黄四郡未下，世宗因謂覺曰：「江南國主若能以江北之地盡歸於我，則朕亦不至於窮兵黷武。」覺聞命忻然，即遣人過江取景表，以廬、舒、蘄、黄等四州來上，乞畫江爲界，仍歲貢地徵數十萬。世宗許之，乃還京。自是景始行大朝正朔，上章稱唐國主臣景，累遣使修貢，亦不失外臣之禮焉。皇朝建隆二年夏，景以疾卒於金陵，時年四十六。以其子煜襲僞位，其後事具皇家日曆。

二、宋歐陽修《新五代史》卷六十二本傳：景，初名景通，昪長子也。既立，又改名璟。徐温死，昪專政，以爲兵部尚書、參知政事。明年，昪鎮金陵，留景爲司徒、同平章事。與宋齊丘、王令謀居廣陵，輔楊溥。昪將篡國，召景歸金陵爲副都統。昪立，封齊王。昪卒，嗣位，改元保大。（節）盟於昪柩前，約兄弟世世繼立。（節）景以馮延巳、常夢錫爲翰林學士，馮延魯爲中書舍人，陳覺爲樞密使，魏岑、查文徽爲副使。夢錫值宣政殿，專掌密命，而延巳等皆以邪佞用事，吴人謂之「五鬼」。夢錫屢言五人者不可用，景不納。（節）十三年（九五五）十一月，周師南征。（節）乃拜李穀爲行營都部署，攻自壽州始。是時，宋齊丘爲洪州節度使，景召齊丘還金陵，以劉彦貞爲神武統軍，劉仁贍爲清淮軍節度使，以拒周師。（節）世宗營於淝水之陽，徙浮橋於下蔡。景遣林仁肇等爭之不得，而周師取滁州，景懼，遣泗州牙將王知朗至徐州，稱唐皇帝奉書，願效貢賦，陳兄事之禮，世宗不答。景東都副留守馮延魯、光州刺史張紹、舒州刺史周祚、泰州刺史方訥皆棄城走。延魯削髮爲僧，爲周兵所獲。蘄州裨將李福殺其刺史王承雋降周。景益懼，始改名景以避周廟諱。遣其翰林學士鍾謨、文理院學士李德明奉表稱臣，獻犒軍牛五百頭、酒二千石、金銀羅綺數千，請割壽、濠、泗、楚、光、海六州，以求罷兵。世宗不報，分兵襲下揚、泰。景遣人懷臘丸書走契丹求救，爲邊將所執。光州刺史張承翰降周。（節）初，周師南征，無水戰之具，已而屢敗景兵，獲水戰卒，乃造戰艦數百艘，使降卒教之水戰，命王環將以下淮。景之水軍多敗，長淮之舟，皆爲周師所得。（節）景初自恃水戰，以周兵非敵，且未能至江。及覺（陳覺）奉使，見舟師列於江次甚盛，以爲自天而下，乃請曰：「臣願還國取景表，盡獻江北諸州，如約。」世宗許之。（節）是時揚、泰、滁、和、壽、濠、泗、楚、光、海等州，已爲周得，景遂獻廬、舒、蘄、黄，畫江以爲界。正月，景下令去帝號，稱國主，奉周正朔，時顯德五年也。（節）六月，景卒，年六十四（一本作「四十六」）。從嘉嗣立，以喪歸金陵，遣使入朝，願復景帝號。太祖皇帝許之，乃謚曰明道崇德文宣孝皇帝，廟號元宗，陵曰順陵。

三、宋馬令《南唐書》卷二十五《王感化傳》：王感化善謳歌，聲韻悠揚，清振林木。繫樂部，爲歌板色。元宗即位，宴樂擊鞠不輟。嘗乘醉命感化奏水調詞，感化惟歌「南朝天子愛風流」一句，如是者數四。元宗輒悟，覆盃嘆曰：「使孫、陳二主得此，不當有銜璧之辱也。」感化由是有寵。元宗嘗作《浣溪沙》二闋，手寫賜感化。曰「菡萏香銷翠葉殘，西風愁起碧波間。還與容光共憔悴，不堪看。細雨夢回清漏永，小樓吹徹玉笙寒。漱漱淚珠多少恨，倚闌干」。「手捲珠簾上玉鉤，依前春恨鎖重樓。風裏落花誰是主，思悠悠。青鳥不傳雲外信，丁香空結雨中愁。回首綠波春色暮，接天流」。後主即位，感化以其詞札上之。後主感動，賞賚感化甚優。

四、宋鄭文寶《南唐近事》卷二：元宗嗣位之初，春秋鼎盛，留心内寵，宴和擊鞠，略無虚日。常乘醉命樂工楊花飛奏《水調》詞進酒。花飛惟歌「南朝天子好風流」一句，如是者數四。上既悟，覆杯大懌，厚賜金帛，以旌敢言。上曰：「使孫、陳二主得此一句，固不當有銜璧之辱也。」翌日，罷諸歡宴，留心庶事，圖閩弔楚，幾致治平。

五、《江表志》卷中：上友愛之分，備極天倫。登位之初，與太弟遂、燕王遏、齊王達，出處游宴，未嘗相捨，軍國之政，同爲決策。保大五年（九四七）元日大雪，上詔太弟以下登樓展宴，咸命賦詩，令中使就私第賜李建勛。建勛方會中書舍人徐鉉、勤政殿學士張義方於溪亭，即時和進。元宗乃召建勛、鉉、義方同入，夜艾方散。

六、宋李頎《古今詩話》：南唐元宗割江之後，金陵對岸，即是敵境。因遷都豫章，每北望，忽忽不樂，有詩曰：「靈槎思浩蕩，老鶴憶崆峒。」又《廬山百花亭刊石》云：「蒼苔迷古道，紅葉亂朝霞。」皆佳句也。（引見郭紹虞《宋詩話輯佚》）

七、宋史虚白《釣磯立談》：元宗神采精粹，詞旨清暢，臨朝之際，曲盡姿致。湖南嘗遣廖法正將聘，既還，語人曰：「汝未識東朝官家，其爲人粹若琢玉，南嶽真君恐未如也。」是以荆渚孫光憲叙《續通曆》云：「聖表聞於四鄰。」蓋謂此也。又：天性雅好古道，被服樸素，宛同儒者。時時作爲歌詩，皆出入風騷，士人傳以爲玩，服其新麗。

八、明蔣一葵《堯山堂外紀》卷四十：王感化初隸光山樂籍，後入金陵教坊。李嗣主宴苑中，有白野鵲飛集。李主令賦詩。應聲曰：「碧山深洞恣游遨，天與蘆花作羽毛。要識此來棲宿處，上林瓊樹一枝高。」李主大悦，因手寫所作《浣溪沙》二闋賜之。其詞曰「菡萏香消翠葉殘……」後主即位，感化以其詞上之，後主賞賜甚優。

九、清吴任臣《十國春秋》卷十六：元宗名璟，字伯玉，烈祖長子。母元敬皇后。初名景通。風度高秀，工屬文，年始十歲，官駕部郎中，累進諸衛將軍，拜司徒、平章事、知中外諸軍事、都統。烈祖爲齊王，立爲王太子，固讓。及受禪，封吴王，徙封齊王，爲諸道兵馬大元帥。昇元四年八月，立爲皇太子。（節）是日（保大元年春三月己卯朔），即皇帝位，大赦境内，改元保大。（節）建隆二年（九六一）六月，疾革，親書遺令，留葬西山，累土數尺爲墳，且曰：「違吾言，非忠臣孝子。」夕有大星殞於南都。庚申，殂於長春殿。年四十六，後主不忍從遺令，迎梓宫還。秋八月，至金陵。丁未，殯於宫中萬壽殿，告哀於宋，且請追復帝號，許之。乃謚曰「明道崇德文宣孝皇帝」，廟號「元宗」。明年正月戊寅，葬順陵。帝音容閑雅，眉目若畫。（節）好讀書，能詩。元宗《春恨》、《浣溪沙》詞及《帝臺春》詞，稱爲絶倫。（節）多才藝，便騎善射。少喜棲隱，築館於廬山瀑布前，蓋將終焉，迫於紹襲而止。

十、龍榆生《唐宋名家詞選》：李璟，字伯玉，初名景通，烈祖元子也，美容止，器宇高邁，性寬仁，有文學。甫十歲，吟《新竹》詩云：「棲鳳枝梢猶軟弱，化龍形狀已依稀。」人皆奇之。烈祖受禪，封吴王。累遷太尉、中書令、諸道元帥，録尚書事，改封齊王。嗣位，改元保大，在位十九年，以宋建隆二年（九六一）六月，殂於南都（南昌），年四十六，廟號元宗。（節）詞傳世者只四闋。

南唐後主李煜

一、宋歐陽修《新五代史》卷六十二：煜字重光，初名從嘉，景第六子也。煜爲人仁孝，善屬文，工書畫，而豐額駢齒，一目重瞳子。自太子冀已上，五子皆早亡，煜以次封吴王。建隆二年（九六一），景遷南都，立煜爲太子，留監國。景卒，煜嗣立於金陵。（節）煜嘗以熙載盡忠，能直言，欲用爲相，而熙載後房姬妾數十人，多出外舍私侍賓客，煜以此難之。（節）熙載卒，煜嘆曰：「吾終不得熙載爲相也。」（節）開寶四年（九七一），煜遣其弟韓王從善朝京師，遂留不遣。煜手疏求從善還國，太祖皇帝不許。煜嘗怏怏以國蹙爲憂。日與臣下酣宴，愁思悲歌不已。（節）煜性驕侈，好聲色，又喜浮圖，爲高談，不恤政事。六年（九七三），内史舍人潘佑上書極諫，煜收下獄，佑自縊死。七年（九七四），太祖皇帝遣使詔煜赴闕，煜稱疾不行。王師南征，煜遣徐鉉、周惟簡等奉表朝廷求緩師，不答。八年（九七五）十二月，王師克金陵。九年（九七六），煜俘至京師，太祖赦之，封煜違命侯，拜左千牛衛將軍。（節）太祖皇帝之出師南征也，煜遣其臣徐鉉朝於京師。鉉居江南，以名臣自負。其來也，欲以口舌馳説存其國，其日夜計謀思慮言語應對之際詳矣。及其將見也，大臣亦先入請，言鉉博學有才辯，宜有以待之。太祖笑曰：「第去，非爾所知也。」明日，鉉朝於廷。仰而言曰：「李煜無罪，陛下師出無名。」太祖徐召之升，使畢其説。鉉曰：「煜以小事大，如子事父，未有過失，奈何見伐？」其説累數百言，太祖曰：「爾謂父子者爲兩家可乎？」鉉無以對而退。嗚呼，大哉，何其言之簡也。

二、後周陶穀《清異録》卷上：李煜在國，微行倡家，遇一僧張席，煜遂爲不速之客。僧酒令謳吟彈吹，莫不高了。見煜明俊藴藉，契合相愛重。煜乘醉大書右壁曰：「淺斟低唱偎紅倚翠大師，鴛鴦寺主，傳持風流教法。」久之，僧擁妓之屏帷，煜徐步而出，僧妓竟不知煜爲誰也。煜嘗密諭徐鉉，鉉言於所親焉。

三、宋陳彭年《江南别録》：（後主）幼而好古，爲文有漢魏風。母兄冀爲太子，性嚴忌，後主獨以典籍自娱，未嘗干預時政。

四、宋史虚白《釣磯立談》：叟昔於江表民家見竊寫真容，觀其廣顙隆準，風神灑落，居然有塵外意。又：後主性喜學問。（節）其論國事，每以富民爲務。好生戒殺，本其天性。承蹙國之後，群臣又皆尋常充位之人，議論率不如旨，嘗一日嘆曰：「周公仲尼，忽去人遠，吾道蕪塞，其誰與明。」乃著《雜説》數千萬言曰：「特垂此空文，庶幾百世之下有以知吾心耳。」

五、宋龍衮《江南野史》卷二：嗣主音容閑雅，眉目若畫。尚清潔，好學而能詩，天性儒懦，素昧威武。

六、宋文瑩《湘山野録》卷中：江南李後主煜性寬恕，威令不素著，神骨秀異，駢齒，一目有重瞳。篤信佛法。殆國勢危削，自嘆曰：「天下無周公、仲尼，君道不可行。」但著《雜説》百篇以見志。十一月，獵於青龍山，一牝狙觸網於谷，見主兩淚，屢指其腹，主大怪，戒虞人保以守之。是夕，果誕二子，因感之。還幸大理寺，親録囚係多所，原貸一大辟婦，以孕在獄，産期滿則伏誅，未幾亦誕二子。煜感牝狙之事，止流於遠。吏議短之。

七、宋劉斧《翰府名談》（引見《詩話總龜》前集卷三十三）：李煜暮歲乘醉書於牖曰：「萬古到頭歸一死，醉鄉葬地有高原。」醒而見之大悔，不久謝世。

八、宋沈括《夢溪筆談》卷下：江南庫中書畫至多。（節）後主善畫，尤工翎毛。或云，凡言鍾隱筆者皆後主自畫。後主嘗自號鍾山隱士，故晦其名謂之鍾隱，非姓鍾人也。今世傳鍾畫，但無後主親題者皆非也。

九、宋阮閲《詩話總龜》前集卷二十四引《江南野録》：劉洞嘗以詩百餘首獻李煜，首篇乃《石城懷古》云：「石城古岸頭，一望思悠悠。幾許六朝事，不禁江水流。」煜覽之，掩卷改容。金陵將危，爲七言詩，大榜於路旁曰：「千里長江皆渡馬，十年養士得何人！」又云：「翻憶潘郎奏章中，愔愔日暮好沾巾。」蓋潘佑表云「家國愔愔，如日將暮」也。

十、宋高晦叟《珍席放談》卷上：江南李後主善詞章，能書畫，皆臻妙絶。是時紙筆之類亦極精緻。世傳尤好玉屑箋，於蜀主求箋匠造之，惟六合水最宜於用，即其地製作。今本土所出麻紙無異玉屑，蓋所造遺範也。

十一、宋王銍《默記》：徐鉉歸朝，爲左散騎常侍，遷給事中。太宗一日問「曾見李煜否」。鉉對以臣安敢私見之。上曰：「卿第往，但言朕令卿往相見，可矣。」鉉遂徑往其居，望門下馬，但一老卒守門。徐言「願見太尉」。卒言「有旨不得與人接，豈可見也」。鉉曰「我乃奉旨來見」。老卒往見。徐入，立庭下。久之，老卒遂入，取舊椅子相對。鉉遥望見，謂卒曰「但正衙一椅足矣」。頃間，李主紗帽道服而出。鉉方拜，而李主遽下堦，引其手以上。鉉告辭賓主之禮。李主曰「今日豈有此禮」。徐引椅少偏，乃敢坐。後主相持大哭，乃坐。默不言，忽長吁歎曰「當時悔殺了潘佑、李平」。鉉既去，乃有旨再對，詢後主何言。鉉不敢隱。遂有秦王賜牽機藥之事。牽機藥者，服之前卻數十回，頭足相就，如牽機狀也。又後主在賜第，因七夕命故妓作樂，聲聞於外。太宗聞之大怒。又傳「小樓昨夜又東風」及「一江春水向東流」之句，併坐之，遂被禍云。

又，小説載江南大將獲後主寵姬者，見燈輒閉目云：「煙氣！」易以蠟燭，亦閉目云：

「煙氣愈甚！」曰：「然則宮中未嘗點燭耶？」曰：「宮中本閤每至夜，則懸大寶珠，光照一室，如日中也。」觀此，則李氏之豪侈可知矣。

十二、宋曾慥《類説》卷五十二引《翰府名談》李後主詩條：江南李主一目重瞳，務長夜之飲，内日給酒三石。藝祖勅不與酒，奏曰：「不然，何計使之度日。」遂復給之。李主姿貌絶美，藝祖曰：「公非貴貌也，乃一翰林學士耳。」有詩曰：「鬢從今日添新白，菊是去年依舊黄。」又云：「青鳥不傳雲外信，丁香空結雨中愁。」皆是氣不滿，有亡國之悲。臨終有詩云：「萬古到頭爲一醉，死鄉葬地有高原。」

十三、宋不著撰人《宣和畫譜》卷十七：江南僞後主李煜，字重光。政事之暇，寓意於丹青，頗到妙處。自稱鍾峰隱居，又略其言曰鍾隱，後人遂與鍾隱畫渾淆稱之。然李氏能文，善書畫，書作顫筆樛曲之狀，遒勁如寒松霜竹，謂之「金錯刀」；畫亦清爽不凡，别爲一格。然書畫同體，故唐希雅初學李氏之錯刀筆。後畫竹乃如書法，有顫掣之狀，而李氏又復能爲墨竹，此互相備取也。其畫雖傳世者不多，然推類可以想見，至於畫《風虎雲龍圖》者，便見有霸者之略，異於常畫，蓋不期至是，而志之所之，有不能遏者，自非吾宋以德服海内，而率土歸心者，其孰能制之哉。

十四、宋葉夢得《石林燕語》卷四：江南李煜既降，太祖嘗因曲燕問：「聞卿在國中好吟詩。」因使舉其得意者一聯。煜沉吟久之，誦其《詠扇》云：「揖讓月在手，動摇風滿懷。」上曰：「滿懷之風卻有多少？」他日復燕煜，顧近臣曰：「好一個翰林學士。」

十五、宋馬令《南唐書》卷五：（開寶）八年（九七五），春，閩民爲師徒，（節）凡一十三等，皆使捍敵守把。（節）秋，洪州節度使朱令贇將兵一十五萬屯潯陽、湖口。（節）以書召南郡留守劉克貞，代鎮湖口。克貞以病留，令贇亦未進。國主累促之。令贇以長筏大艦，帥水陸諸軍。至虎蹲洲，與王師遇。舟筏俱焚，令贇死，餘衆皆潰。金陵受圍經歲，城中斗米萬錢，死者相枕藉。自潤州降後，不聞外信。或云令贇已敗，國主猶意其不實。冬，百姓疫死，士卒乏食。大軍史以十有一月乙未破城。國主議遣其子清源公仲寓出通降款。左右以謂壁壘如此，天象無變，豈可計日取降。是日，城果陷。宫中圖籍萬卷，尤多鍾王墨跡。國主嘗謂所幸保儀黄氏曰：「此皆累世保惜。城若不守，爾可焚之，無使散逸。」及城陷，文籍盡爆。光政使陳喬曰：「吾當大政，使國家致此，非死無以謝。」乃自縊死。諸將戰没者，猶數十人。昇元寺閣崇構，因山爲基，高可十丈。（節）士大夫暨豪民富商之家，美女少婦，避難於其上，迨數百人，越兵舉火焚之，哭聲動天，一旦而燼。大將曹彬整軍成列，至其宫門。門開，國主跪拜納降。彬答拜，爲之盡禮。先是，宫中預積薪。煜誓言社稷失守，當攜血屬赴火。既見彬，彬諭以歸朝俸禄有限，費用日廣。（節）一歸有司之籍，既無及矣。遣煜入治裝，裨將梁迥、田欽祚力爭，以謂苟有不虞，咎將誰執。彬笑而不答。勔亭固諫。彬曰：「彼能出降，安能死乎。」翌日治舟。彬遣健卒五百人爲津，致輜重登舟，（節）煜舉族冒雨乘舟，百司官屬僅十艘。煜渡中江，望石城，泣下。自賦詩云：「江南江北舊家鄉，三十年來夢一場。吴苑宫闈今冷落，廣陵臺殿已荒涼。雲籠遠岫愁千片，雨打歸舟淚萬行。兄弟四人三百口，不堪閑坐細商量。」至汴日，登普光寺，擎拳贊念久之，散施緡帛甚衆。

十六、宋張邦基《墨莊漫録》卷七：宣和間，蔡寶臣致君收南唐後主書數軸來京師，以獻蔡絛約之。其一乃王師收金陵，城垂破時，倉皇中作一疏，禱於釋氏，願兵退之後，許造佛像若干身，菩薩若干身，齋僧若干萬員，建殿宇若干所。其數皆甚多。字畫老草，然皆遒勁可愛。蓋危窘急中所書也。又有《看經發願文》，自稱蓮峰居士李煜。又有長短句《臨江仙》云：「櫻桃結子春歸盡，蝶翻金粉雙飛。子規啼月小樓西。玉鉤羅幕，惆悵捲金泥。門巷寂寥人去後，望殘煙草低迷。」而無尾句。劉延仲爲補之云：「何時重聽玉驄嘶。撲簾飛絮，依約夢回時。」

十七、宋陸游《南唐書》卷三：後主天資純孝，事元宗盡子道。（節）嗣位之初，屬保太軍興之後，國削勢弱，帑庾空竭，專以愛民爲急，蠲賦息役，以裕民力。尊事中原，不憚卑屈，境内賴以少安者十有五年。憲司章疏，有繩糾過評，皆寢不下。（節）然酷好浮屠，崇塔廟，度僧尼，不可勝算。（節）以故頗廢政事。（節）兵興之際，降御札移易將帥，大臣無知者。（節）長圍既合，内外隔絶。城中之人，惶怖無死所。後主方幸淨居室，聽沙門，（節）講《楞嚴圓覺經》。（節）群臣皆知國亡在旦暮，而張洎猶謂北師已老，將自遁去。後主益甘其言，晏然自安。命户部員外郎伍喬，於圍城中放進士孫確等三十八人及第。（節）故雖仁愛足以感其遺民，而卒不能保社稷云。

十八、宋胡仔《苕溪漁隱叢話》前集卷五十九、《詩話總龜》後集卷三十二：《西清詩話》云，南唐後主圍城中作長短句，未就而城破。「櫻桃落盡春歸去，蝶翻金粉雙飛。子規啼月小樓西。曲欄金箔，惆悵捲金泥。門巷寂寥人去後，望殘烟草低迷」。余嘗見殘藁，點染晦昧，心方危窘，不在書耳。藝祖云李煜若以作詩工夫治國事，豈爲吾虜也。苕溪漁隱曰：余觀《太祖實録》及三朝正史云，開寶七年十月詔曹彬、潘美等率師伐江南，八年十一月拔昇州。今後主詞乃詠春景，決非十一月城破時作。《西清詩話》云，「後主作長短句，未就而城破」，其言非也。然王師圍金陵凡一年，後主於圍城中春間作此詩，則不可知。是時其心豈不危窘，於此言之乃可也。

十九、宋陳善《捫蝨新話》上集卷二：帝王文章自有一般富貴氣象。國初，江南遣徐鉉來朝。鉉欲以辯勝，至誦後主月詩云云。太祖皇帝但笑曰：「此寒士語耳，吾不爲也。吾微時，夜自華陰道中逢月出，有句云『未離海底千山暗，纔到中天萬國明』。」鉉聞，不覺駭然驚服。太祖雖無意爲文，然出語雄傑如此。予觀李氏據江南全盛時，宮中詩云：「簾日已高三丈透，金爐次第添香獸。紅錦地衣隨步皺，佳人舞點金釵溜。酒惡時將花蕊嗅，別殿時聞簫鼓奏。」議者謂與「時挑野菜和根煮，旋斫生柴帶葉燒」者異矣。然此盡是尋常説富貴語，非萬乘天子體。予蓋聞太祖一日與朝臣議論不合，歎曰「安得如桑維翰者與之謀事」。左右曰「縱維翰在，陛下亦不能用之，蓋維翰愛錢」。太祖曰「窮措大眼小，賜與十萬貫，則塞破屋子矣」。以此言之，不知彼所謂金爐、香獸、紅錦地衣當費得幾萬貫。此語得無是措大家眼孔乎。

二十、元方回《瀛奎律髓》卷四十四：李後主號能詩詞，偶承先業，據有江南，亦僭稱帝，數十州之主也。集中多有病詩，先有五言律云：「病態加衰颯，厭厭已五年。」看此詩，真所謂衰颯憔悴，豈「大風」、「橫汾」之比乎，宜其亡也。或謂此乃已至大興之後，即不然矣。七言有云：「衰顏一病難牽復，曉殿君臨頗自羞。」又云：「冷笑秦皇經遠略，靜憐姬滿苦時巡。」蓋君臨之時也。又《病中書事》：「病身堅固道情深，宴室清香思自任。月照靜室惟搗藥，門扃幽院只來禽。庸醫懶聽詞何取，小婢將行力未禁。賴問空門知氣味，不然煩惱萬塗侵。」此詩八句俱有味，然不似人主之作，只似貧士大夫詩也。

二十一、明顧起元《客座贅語》卷五：當時江南被圍，自開寶七年十一月至八年十一月二十七日城破。宋祖令吕龜祥詣金陵籍煜圖書赴闕下，得六萬餘卷。其爲後主與黄保儀聚焚者，又不知幾許也。後主之好文如此，故非庸主。其詞是《臨江仙》調，悽惋有致。

二十二、明蔣一葵《堯山堂外紀》卷四十一：李後主宫中未嘗點燭，每至夜則懸大寶珠，光照一室如日中。嘗賦《玉樓春》宫詞曰：「曉粧初了明肌雪，春殿嬪娥魚貫列。笙簫吹斷水雲間，重按霓裳歌遍徹。臨春誰更飄香屑，醉拍闌干清未切。歸時休照燭花紅，待放馬蹄清夜月。」

二十三、清吴任臣《十國春秋》卷十七：後主名煜，字重光，初名從嘉，元宗第六子也，母光穆聖后鍾氏。爲人仁惠，有慧性。雅善屬文，工書畫，知音律。廣顙豐頰，駢齒，一目重瞳子。文獻太子惡其有奇表，從嘉避禍，惟覃思經籍。歷封安定郡公，鄭王。文獻太子卒，徙吴王，以尚書令知政事，居東宫。建隆二年（九六一），元宗南遷，立爲太子，留金陵監國。（節）六月，元宗晏駕，嗣立於金陵。更今名，居表哀毁，幾不勝。大赦境内。（節）乙亥歲春二月壬戌，宋師拔金陵關城。（節）乙未，城陷，將軍咼彦、馬誠信及弟承俊帥將士數百，力戰而死。（節）明年春正月辛未，至汴京。（封違命侯）（節）太宗即位，始去違命侯，加特進，封隴西郡公。太平興國二年，後主自言其貧。宋太宗命增給月奉，仍予錢三百萬。太宗常幸崇文院觀書，召後主及南漢後主令縱觀，謂後主曰：「聞卿在江南好讀書，此簡策多卿舊物，歸朝來頗讀書否？」後主頓首謝。三年七月辛卯薨（一云：宋太宗使徐鉉見後主於賜第。後主忽吁嘆曰：「當時悔殺潘佑、李平。」鉉不敢隱，遂有賜後主牽機藥之事，蓋餌其藥則病，前卻數十回，頭足相就如牽機狀也。又後主在賜第，七夕，命故伎作樂，聲聞於外。太宗聞之大怒，又傳「小樓昨夜又東風」，又「一江春水向東流」句，並坐之，遂被禍云。）又《南唐拾遺記》云：「後主歸宋後，鬱鬱不自聊，嘗作長短句『簾外雨潺潺』云云，情思淒切，未幾下世。」年四十二，是日七夕也。後主蓋以是日生，贈太師，封吳王，葬洛陽北邙山。（節）自入宋，忽忽不樂，常與金陵舊宮人書詞，甚悲惋，不可忍。（有云：「此中日夕以眼淚洗面。」又念嬪妾散落，賦《虞美人》詞以見志。又作長短句云：「無限江山，别時容易見時難。」故臣聞之，有泣下者。）凶問至江南，父老多有巷哭者。（節）論曰：後主恂恂大雅，美秀多文，向使國事無虞，中懷兢業，抑亦守邦之主也。乃運丁百六，晏然自侈，譜曲度僧，略無虛日，遂至京都淪喪，出涕嗟若，斯與長城之「玉樹後庭」、賣身佛寺以亡國者，何其前後一轍耶？悲夫！

二十四、清張德瀛《詞徵》卷五：李後主善音律。嘗造《念家山破》（唐教坊曲有《念家山》，後主衍之爲《念家山破》。馬令《南唐書》云：「其聲噍殺而名不祥，乃敗徵也。」）及《振金鈴曲》。今後主詞所傳者三十四闋，而兩曲無之。

二十五、龍榆生《唐宋名家詞選》：李煜，字重光，元宗第六子，初名從嘉。文獻太子卒，以尚書令知政事，居東宫。元宗十九年，立爲太子。元宗南巡，太子留金陵監國。建隆二年（九六一）嗣位，在位十五年。開寶八年（九七五），宋將曹彬攻破金陵，煜出降。明年，至京師，封違命侯。太平興國三年（九七八）七月七夕殂，年四十二。煜嗣位初，專以愛民爲急，蠲賦息役，以裕民力。尊事中原，不憚卑屈。境内賴以少安者，十有五年。殂問至江南，父老有巷哭者。然酷好浮屠，崇塔廟，度僧尼不可勝算。罷朝，輒造佛屋，易服膜拜，頗廢政事。故雖仁愛足感遺民，而卒不能保社稷云。煜后周氏，善歌舞，尤工琵琶。（節）煜對歌詞之成就，於家庭父子夫婦間，與當時風氣，皆有絶大影響，尤以周昭惠后精通樂律，從旁贊助之力爲多焉。煜詞傳世者，有明萬曆庚申（一六二〇）虞山吕遠墨華齋刊《南唐二主詞》本，存後主詞三十三首，中多殘缺，亦有他人之作混入其中，蓋皆後人輯録而成者。清康熙二十八年（一六八九）侯文燦刻《十名家詞集》本《二主詞》，與吕刻本殆出一源，惟無最末的《搗練子》「雲鬢亂」一首。《全唐詩》載後主詞三十四闋，未悉所據何本。此外有劉繼增校箋本，王國維校記本，可供參證。

附録三　各本序跋

一、陳振孫《直齋書録解題》卷二十一

《南唐二主詞》一卷，中主李璟、後主李煜撰。卷首四闋，《應天長》、《望遠行》各一，《浣溪紗》二，中主所作，重光嘗書之。墨蹟在盱江晁氏，題曰「先皇御製歌詞」。余嘗見之，於麥光紙上，作撥鐙書，有晁景迂題字。今不知何在矣。餘詞皆重光作。

二、明萬曆庚申吕遠墨華齋本《南唐二主詞》序

陽羨作《南唐書》，辭嚴義正，然於二主之文才，未嘗不痛惜也。時家國陰陰，如日將暮。

二主乃别有一副閒心，寄之詞調，竟以此獲不朽矣。是集世所傳南唐二主詞，特其一斑也。讀之皆悽愴悲慟，亦復幽閒跌宕，如多態女子，如少年書生。落調纖華，吐心婉摯，意爲有情人案頭不可少之書，異哉。嗣主少時，於廬山瀑布前構書齋，爲它日終焉之計。及大漸之際，群鶴翔空，雙龍據殿，此豈凡骨邪。後主少而聰穎，尤善屬文，兼攻書畫。讀其雜製詩，及親誄周后數百餘語，轉折留連，性柔才大，更非人所及也。予謂明道崇德之謚，未足爲嗣主生色。違命侯之封，亦未足爲後主減光。但使二主不爲有國之君，居然慧業文人，自足風流千古。斯亦可謂二主之定論也已。萬曆庚申花朝，譚爾進序並書，時年十七。

王仲聞案，此序對李璟李煜詞及《南唐二主詞》版本，俱無所考證。以舊本所有，姑録之。

三、《南唐二主詞箋》序

《南唐二主詞》編輯緣起不可考。康熙二十八年吾邑亦園侯氏文燦刻《名家詞》十種，首列之。見王文簡《居易録》，阮文達《四庫未收書目》。近江陰金氏《粟香室叢書》所刻者，即其本也。此本卷末印記爲明萬曆四十八年春常熟吕遠所刻，目録下綴陳直齋《書録解題》一條。其編次大略與侯本同。惟侯本分題中主後主，此則前後連屬不分爲異。《解題》有云「卷首四闋，《應天長》、《望遠行》各一，《浣溪沙》二，中主作，餘皆重光作」。蓋宋時原本如此，故陳氏特表而出之。中間注引似亦出宋人手〔一〕。惟卷末《搗練子》一闋，侯本所無。注引升庵《詞林萬選》，乃明人書，疑不類，旋得汲古閣舊鈔本，編次悉同，獨無此闋，知爲吕氏所補，非原有也。三本相校，吕本爲長。侯本刻在吕本後六十九年，時地相近。而自序乃云「所刻諸詞，見者絶少」。豈吕本當時，印行未廣，侯氏未之見邪。案《欽定詞譜》成於康熙五十四年，中列南唐李景《望遠行》詞，注云「從《二主詞》原本校定」，是當時原本固在。審所校字句，雖與此本合〔二〕，而此本後主詞「亭前春逐紅英盡」一闋，調爲《采桑子》，《詞譜》於此調注云「李煜詞名《醜奴兒令》」〔三〕。又「晚妝初了明肌雪」一闋，調爲《玉樓春》，《詞譜》於此調注云「李煜詞名《惜春容》」〔四〕。則所謂原本又一本矣〔五〕。第此原本，《四庫》既未著録，無從訂證。吕氏此刻雖在明季，好古家所當珍視者也。與舊鈔本、侯本〔六〕及諸選本，校其異同，而爲之箋。凡校箋皆雙行夾寫。其原有校箋者，單行則存之，雙行則冠「原注」二字，別爲補遺附於後。家鮮藏書，見聞狹隘。裨補闕略，尚俟博雅君子。光緒庚寅中秋無錫劉繼增。

〔一〕中間校注所引《花間集》作某云云，俱與明温博《花間集補》文字相同，而趙崇祚《花間集》時代較早，二主詞不及收入。所謂《花間集》，當爲《花間集補》。此類校記殆爲譚爾進所作，決非出於宋人之手。

〔二〕此詞「錦繡明」《詞譜》作「照眼明」。「黄金窗下」《詞譜》作「黄金臺下」，《詞譜》與吕遠本此詞文字實不盡合。

〔三〕李煜《采桑子》「轆轤金井梧桐晚」一首，《草堂詩餘》、《花間集補》調作《醜奴兒令》。《詞譜》殆指此首，非「亭前春逐紅英盡」一首也。

〔四〕《玉樓春》别名《惜春容》，見陳耀文《花草粹編》卷六、朱彝尊《詞綜》卷二十五、沈雄《古今詞話》詞話卷上載宋時瀘州妓盼盼爲黄庭堅所唱詞。此詞本事原出無名氏《緑窗新話》卷上引楊湜《古今詞話》，調名作「惜花容」。據盼盼所唱詞，中有「而今老更惜花深，終日看花看不足」句，調名似從此出。陳耀文等以爲「惜春容」，未知何據。《詞譜》云「李煜詞名《惜春容》」，而李煜《玉樓春》詞，只有「晚妝初了明肌雪」一首，未見有作「惜春容」者。《詞譜》所云，必有誤也。

〔五〕《詞譜》所云《二主詞》原本，殆爲當時所能見到之《二主詞》刻本或鈔本。康熙時朱彝尊輯《詞綜》，曾引《南唐二主詞》，侯文燦刻《十名家詞》，亦有《南唐二主詞》，均在《詞譜》成書之前。朱、侯二人能見《南唐二主詞》，選《詞譜》之王奕清等當亦能見到。第《詞譜》所云李煜詞名某某云，並不出於《二主詞》。劉氏疑有《二主詞》别本作「醜奴兒令」「惜春容」者，實無根據也。

〔六〕按之劉氏校注所引侯本文字，有與侯文燦原刻本不合，而與《粟香室叢書》本相同，劉氏殆未見侯刻原本也。

四、《晨風閣叢書》本《南唐二主詞》跋

右《南詞》本《南唐二主詞》，與常熟毛氏所抄，無錫侯氏所刻，同出一源，猶是南宋初輯本。殆即《直齋書録解題》所著録，宋長沙書肆所刊行者也。直齋云「卷首四闋，《應天長》、《望遠行》各一，《浣溪沙》二，中主所作。重光嘗書之，墨蹟在盱江晁氏」，今此本正同。又注中引曹功顯節度、孟郡王、曾端伯諸人。案功顯，曹勳字。《宋史》勳本傳，以紹興二十九年拜昭信軍節度使。孝宗朝，加太尉，提舉皇城司，開府儀同三司。淳熙元年卒，贈少保。又《外戚傳》，孟忠厚以紹興七年封信安郡王，紹興二十七年卒。曾端伯亦紹興時人。以此數條推之，則編輯者當在紹興之季，曹功顯已拜節度之後，未加太尉之前也。且半從真跡編録，尤爲可據。故如式寫録，另爲補遺及校勘記附後。諸本得失，覽者當自得之。宣統改元春三月海甯王國維。

案《南唐二主詞》所附詞話若干則，無一不見於《苕溪漁隱叢話》。中主《浣溪沙》第一首之《漫叟詩話》見前集卷五十九，第二首之馮延巳作《謁金門》條見後集卷三十九引馬令《南唐書》，

荆公問山谷條見前集卷五十九引《雪浪齋日記》，後主《臨江仙》之《西清詩話》見前集卷五十九，《破陣子》東坡云一條、《浪淘沙》《西清詩話》一條亦並見前集卷五十九。而《臨江仙》後之「按《實録》」云云一條尤全本胡仔之説，而稍有節略。《南唐二主詞》之編輯年代，必在胡仔《苕溪漁隱叢話》之後。《漁隱叢話》前集序於高宗紹興戊辰，後集序於孝宗乾道丁亥。《南唐二主詞》可能輯於乾道丁亥以後（曹勳拜太尉在孝宗何年，不可考）。

又案宋人所編詞集，有依調名而分者（如陳世修編《陽春集》、曾慥本《東坡詞》、羅泌校《歐陽文忠公近體樂府》），有依作品年代者（如《稼軒詞甲乙丙丁集》），有依宫調者（如《金奩集》、緑斐軒鈔本《張子野詞》、柳永《樂章集》），有依四時節序等分類者（如陳元龍注本《片玉集》、趙長卿《惜香樂府》、《草堂詩餘》）。《南唐二主詞》既不依作品先後（如《虞美人》「春花秋月何時了」一首與《浪淘沙》「簾外雨潺潺」一首，寫作時期相近，而一在卷首，一在卷末），亦不依調名（如《虞美人》、《浪淘沙》、《菩薩蠻》俱不僅一首，前後參差），亦不依所出之書先後（如出自《尊前集》者十首，次序不全依《尊前集》，《西清詩話》三首，分成三處，或在「東坡云」之前，或在其後），體例不甚謹嚴，殆出自南宋書肆之手（《草堂詩餘》亦南宋書肆所編集）。

五、劉毓盤校《二主詞》跋

陳振孫《直齋書録解題》曰「《應天長》、《望遠行》各一，《山花子》二〔一〕，南唐中主作，後主所書。墨蹟在盱江晁氏，題云，『先皇御製歌詞』。余見之，於麥光紙上作撥鐙書，有晁景迂題字」，此宋本也。今傳者有萬曆辛酉〔二〕常熟吕遠本、光緒庚寅無錫劉繼增箋補吕本，康熙己巳無錫侯文燦《名家詞》本，光緒丁亥江陰金武祥《粟香室叢書》重刻侯本，光緒辛卯平湖朱景行本〔三〕，宣統己酉番禺沈宗畸《晨風閣叢書》本，海甯王國維校補沈本〔四〕，杭州邵長光輯録稿本。吕、侯、沈三本編次同〔五〕，皆曰出自宋本。王校據《宋史·外戚傳》，孟忠厚以紹興七年封信安郡王，《曹勳傳》勳字功顯，紹興二十九年拜昭信軍節度使，定爲南宋初輯本。金本無所是正。朱本以《永樂大典》録出之《全唐詩》爲本〔六〕，與各本編次不同，改《搗練子》爲《鷓鴣天》，則楊慎説也〔七〕。劉、邵二本所列最多，邵爲未定本，皆以《阮郎歸》、《蝶戀花》二者爲可疑〔八〕。案吴昌綬《宋金元詞見存卷目》云，武進董氏得彭文勤舊藏李西涯編《南宋六十四家》，鮑廷博疑坊人所爲者，侯刻六〔二主詞》預焉〔九〕，無《阮郎歸》詞。蓋始於吕本〔一〇〕，黄昇《花庵詞選》以《蝶戀花》爲李冠作〔一一〕，此亦《壽域詞》之有《菩薩蠻》，《梯檟詞》之有《長相思》也，兩存之可已。《草堂詩餘》所録中主《浣溪沙》則爲晏殊作。吴任臣《十國春秋》注所録《帝臺春》則爲李甲作〔一二〕。《尊前集》所録後主《更漏子》一則爲温庭筠作。《雪浪齋日記》所録「細雨濕流光」則爲馮延巳所作，不獨《鷓鴣天》之僞託也。此不必補者也。《醉花間》〔一三〕《臨江仙》亦作《謝新恩》，此所當改者。以各本補正《大典》本，凡中主詞三首，後主詞四十六首，不全者三首《謝新恩》、《臨江仙》二，分列者四首《憶江南》，併合者一首《臨江仙》「金窗」一句。其曰，或得於墨蹟，或得於選本，必非直齋所謂長沙本也〔一四〕。證以白樸檃栝後主詞，自「雕闌」、「春花」、「小樓」、「月明」數語外，不詳其原詞之所出。噫，烏從而得足本哉。辛酉冬江山劉毓盤校畢並識。

〔一〕《直齋書録解題》作「浣溪沙」，不作「山花子」。

〔二〕吕遠本刻于萬曆庚申，非辛酉。辛酉乃天啟元年，非萬曆也。

〔三〕朱景行所輯名《南唐二主詞集》，非《南唐二主詞》。

〔四〕王氏校補本即《晨風閣叢書》本，非另一本。

〔五〕沈本所據《南詞》本漏《阮郎歸》一闋，編次不盡同。

〔六〕朱景行《南唐二主詞集》輯自《歷代詩餘》，非《永樂大典》。《全唐詩》所收二主之詞亦不自《永樂大典》録出。劉氏跋内稱爲《大典》，實不甚妥。

〔七〕《擣練子》爲《鷓鴣天》，非楊慎之説。楊慎《詞品》只有「詞名《擣練子》，即詠擣練，乃唐詞本體也」數語。《鷓鴣天》詞首見於清賀裳《皺水軒詞筌》，以賀裳首引楊慎之説，後人未與《詞品》對勘，遂以爲出於楊慎，並認爲慎所僞造。

〔八〕案劉繼增《南唐二主詞箋》云「今考本書有題有印，當從《草堂詩餘》作後主爲確」，是劉氏並不以《阮郎歸》詞爲可疑。

〔九〕明李西涯所編《南宋六十四家》，何以有清初之侯刻《二主詞》在内。劉毓盤校本未能寓目，此跋從唐圭璋《南唐二主詞彙箋》轉録，或係唐本排印錯誤，劉氏恐不致舛誤若是。又李西涯所編乃南詞，亦無六十四家之多（見《知聖道齋讀書跋》卷二，並《四印齋所刻詞》本《陽春集》王鵬運跋）。《南詞》本無《阮郎歸》詞，侯本有。

〔一〇〕《阮郎歸》詞收入《南唐二主詞》，並不始于吕遠本，説見前。

〔一一〕以《蝶戀花》爲李冠作者，不止《花庵詞選》，説見前。

〔一二〕以李甲《帝臺春》詞爲李璟作，實始于明蔣一葵《堯山堂外紀》，吴任臣《十國春秋》承其誤耳。

〔一三〕李璟、李煜無《醉花間》詞，不知劉氏何本。

〔一四〕案直齋所謂長沙本，卷首四闋與傳本《南唐二主詞》正同。劉氏以或得於墨蹟，或得於選本，而認爲必非長沙本，實無根據。

六、《南唐二主詞彙箋》自序

《南唐二主詞》刊本〔一〕，今傳者有明萬曆庚申譚爾進本、明萬曆庚申吕遠本〔二〕、光緒劉繼增箋補吕本、明毛晉汲古閣舊鈔本、康熙侯文燦《名家詞》本、光緒金武祥《粟香室叢書》重刻侯本、光緒朱景行自《永樂大典》録出之《全唐詩》本、劉毓盤補正《大典》本、宣統沈宗畸《晨風閣叢書》刻知聖道齋舊抄《南詞》本、宣統王國維校補沈本、光緒邵長光輯録未定稿本。譚吕王侯沈五本〔三〕編次悉同。惟吕本多《擣練子》一首，譚本、侯本分題中主、後主〔四〕，略有異耳。五本同源，似皆出自宋本。兹以吕本爲主，以各本補正。凡中主詞六首，後主詞四十六首。至《蝶戀花》或爲李冠作〔五〕，《相見歡》或爲孟昶作，《菩薩蠻》或爲杜安世作，《長相思》「一重山」一首或爲鄧肅作，「雲一緺」一首或爲孫肖之作〔六〕，《浣溪沙》「一曲新詞」一首或爲晏殊作，「轉燭飄蓬」一首或爲馮延巳作，《阮郎歸》或爲歐陽修作〔七〕，《更漏子》二首或爲温庭筠作，並兩存之。若《十國春秋》注所録中主《帝臺春》詞確爲宋人李景元之誤〔八〕，則不録云。詞之校勘以劉繼增、王國維、劉毓盤三氏爲最勤。然劉繼增不知有《南詞》本，王國維不知有吕本，劉毓盤不知有毛鈔本，故所校亦互有闕略。至譚本亦三氏所未見〔九〕。此外筆記所載，選本所録，爲三氏所未校及者亦夥。如王國維未及《花草粹編》，劉毓盤未及《欽定詞譜》，而劉繼增則每謂《花間集》作某，亦不知何據而云然〔一〇〕。是編綜合三氏所校，復搜輯其他筆記選本詳校之。又箋證本事，惟見劉繼增本，第亦有可補者，不揣謭陋，既補其所未備，復採録總評於卷首，繫分評於每首之後，以爲欣賞之助。各家序跋亦重列於後，以爲參考之資。更據清周雪客《南唐書注》，及

《十國春秋》，作爲簡明年表，俾了然於二主之身世。至其詞之高妙，與夫詞句出處，爲人所共喻，或不必注釋者，並從省略，蓋懼蹈《草堂》之陋習也。辛未三月江甯唐圭璋。

〔一〕此序前云刊本，而下有汲古閣舊鈔本，邵長光輯録未定稿本。「刊本」或係誤字。

〔二〕所謂譚爾進本，即吕遠墨華齋本。吕本前有譚爾進序，並題作「譚爾進抑之校」，吕本、譚本非兩本也。惟唐校所注吕本、譚本常互有異文，殊不可解。

〔三〕譚本即吕本，王本即沈本，所謂五本，實三本耳。

〔四〕譚本即吕本，並未分題中主、後主。

〔五〕《蝶戀花》詞或又作歐陽修。

〔六〕「雲一緺」一首或又作劉過。

〔七〕《阮郎歸》或又作馮延巳。

〔八〕以《帝臺春》爲中主作，不始于《十國春秋》，説見前。

〔九〕譚本即吕本，非三氏所未見。

〔一〇〕劉繼增所云「《花間集》作某」乃轉録吕遠本譚爾進校語，《花間集》即《花間集補》，説見前。

七、近人考證

周泳先曰：

《一斛珠》「曉妝初過」一闋，見歐陽修《醉翁琴趣外篇》。《更漏子》「金雀釵」闋，《花間集》卷一作温飛卿詞。《清平樂》「別來春半」闋，見曹勳《松隱文集》卷三十九〔一〕。《蝶戀花》「遥夜亭皋」闋，《花庵詞選》、《後山詩話》、《詞品》並作李冠作，《樂府雅詞》卷上作歐陽修詞，又見歐陽修《近體樂府》卷二。《烏夜啼》「林花謝了」闋，《樂府雅詞拾遺》下不著撰人，調作「憶真妃」。《長相思》「雲一緺」闋，《樂府雅詞拾遺》上、《陽春白雪》並作孫肖之作，又見劉過《龍洲集》卷十四，《浩然齋雅談》亦以爲劉作。《搗練子令》「深院靜」闋，《尊前集》作馮延巳詞。《菩薩蠻》「花明月暗」闋，見杜安世《壽域詞》。《阮郎歸》「東風吹水」闋，《近體樂府》卷一、《樂府雅詞》卷上並作歐陽修詞，《陽春集》作馮延巳詞。《玉樓春》「晚妝初了」闋，見曹勳《松隱文集》卷三十九〔二〕。《相見歡》「無言獨上」闋，《花草粹編》引楊湜《古今詞話》作孟昶作。《更漏子》「柳絲長」闋，《花間集》卷一作温飛卿詞。《長相思》「一重山」闋，見鄧肅《栟櫚詞》。《後庭花破子》「玉樹後庭前」闋，見元遺山《遺山樂府》卷下。《浣溪沙》「轉燭飄蓬」闋，《陽春集》作馮延巳詞。以上共十五首，末五首爲王靜安所補輯。此十五首可分爲決非後主作及可疑兩類。第一類如《更漏子》二闋，並見《花間集》，均作温飛卿作。考歐陽炯《花間集序》，《花間集》蓋結集於廣政三年，是年即南唐烈祖昇元四年（西曆九四〇年），後主李煜年僅四歲，其詞焉能編入《花間集》。又如《清平樂》及《玉樓春》，均見《松隱文集》。考《南唐二主詞》（吕遠本及晨風閣本）《玉樓春》下注「已下二詞，傳自曹功顯節度家，云『墨蹟舊在京師一老居士處，故弊難讀』。」功顯即曹勳。《玉樓春》詞既傳自勳家，何以又見於勳集。且《松隱集》共載詞一百七十餘闋，何以不見他詞與他家作品互見，惟此兩闋與後主同，其非後主所作明甚〔三〕。又靜安據《草堂詩餘》所補之《長相思》「一重山」一首，見鄧肅《栟櫚詞》。肅詞集中載《長相思》三首，「一重山，兩重山」後，緊接一闋爲「一重溪，兩重溪，溪轉山回路欲迷。朱闌出翠微。梅花飛，雪花飛，醉臥幽亭不掩扉。冷香尋夢歸」。與前一闋詞句完全吻合，可斷爲肅同時所作。且《草堂詩餘》題注作者，多不可靠，故此闋可決其非後主作。第二類十闋詞雖與他家互見，因無確證，不能斷爲確非後主作，但亦不能確指爲後主作。馮延巳《陽春集》、歐陽修《近體樂府》及《醉翁琴趣外篇》，混入他人之詞最多。但其結集時均在《南唐二主詞》以前〔四〕。且曾慥《雅詞》，據其自序，標注作者姓氏，殊爲謹慎。則其所指爲歐公所作諸首，當未必爲後主作〔五〕。故此類作品，可作存疑。一九三七年四月七日《時事新報》附刊《古代文化》第三期，自《僞書通考》卷下轉引。

〔一〕此首見《松隱文集》卷四十，非卷三十九。

〔二〕此首見《松隱文集》卷四十。

〔三〕《清平樂》、《玉樓春》兩首非曹勳作，以作爲李煜爲是，説見前。

〔四〕馮延巳《陽春集》編於嘉祐戊戌，崔公度曾於元豐年間跋《陽春録》。歐陽修《近體樂府》出自《平山集》，而《平山集》所載之詞，羅泌云「《樂府雅詞》不盡收」。《陽春集》與《平山集》之結集在《南唐二主詞》以前無疑（《近體樂府》有羅泌跋者，刻於慶元二年，在《二主詞》之後）。《醉翁琴趣外篇》則恐有未然。宋人詞集以《琴趣外篇》名者，尚有黄庭堅《山谷琴趣外篇》、晁端禮《閑齋琴趣外篇》、晁補之《晁氏琴趣外篇》、趙彦端《介庵琴趣外篇》。此四種與《醉翁琴趣外篇》均有傳本。此外尚有見於《直齋書録解題》卷二十一之葉夢得一種（曹鴻注葉石林詞，名「注琴趣外篇」）、又見於錢泰吉《曝書雜記》卷下之秦觀一種（乃平湖錢天樹所見，錢泰吉轉録其語）。各種《琴趣外篇》殆均爲同時同地所刻，趙萬里《校輯宋金元人詞》序云閩書肆所刻，並曾見海鹽張氏所藏《山谷琴趣外篇》及《醉翁琴趣外篇》（不全）宋刻本，云是閩本不謬。《琴趣外篇》既有葉夢得、趙彦端之詞集在内，當不得早於高宗孝宗之時。又元吴師道《吴禮部詩話》云「近有《醉翁琴趣外篇》」。吴師道既云「近有」，則《醉翁琴趣外篇》之刊行當與吴師道相去不遠，殆在南宋之季。武進陶氏《影刊宋金元明本詞四十種叙録》云「蓋出南宋中葉」，雖吴師道所見本《醉翁琴趣外篇》前有蘇軾序，似可爲此書輯於北宋之證，然吴師道已云此序爲僞作。周氏以爲《醉翁琴趣外篇》之結集在《南唐二主詞》以前，未知何據。

〔五〕後主詞見於《樂府雅詞》所録歐詞者有《蝶戀花》「遥夜亭皋」及《阮郎歸》「東風吹水」兩闋。歐陽修詞誤入或僞託者頗多。崔公度跋《陽春録》謂馮延巳詞有誤入《六一詞》者。曾慥《樂府雅詞》序云「當時小人或作艷詞，謬爲公曲」。王灼《碧雞漫志》云「歐陽永叔所集歌詞，自作者三之一耳」。羅泌跋《近體樂府》云「則此三卷，或其浮艷者，殆非公之少作，疑以傳疑可也」。陳振孫《直齋書録解題》云「其間多有與《陽春》、《花間》相混者，亦有鄙褻之語一二廁其中，當是仇人無名氏所爲」。各家俱言其真僞雜廁，所有僞作，曾慥雖云「今悉刪除」，而《樂府雅詞》所收歐詞，仍有别見《陽春集》、《珠玉詞》、《張子野詞》者。後主《蝶戀花》及《阮郎歸》詞，殆爲李冠及馮延巳所作，而非後主或歐公（説見前）。如以《樂府雅詞》指爲歐陽修詞而遽認爲非後主作，理由尚不充分。

案周氏此考最後出，搜羅後主詞互見各説頗備，出諸家之右。雖《虞美人》「春花秋月」闋或作柳永，《采桑子》「轆轤金井」闋或作牛希濟、晏小山，《三臺令》「不寐倦長更」闋或作無名氏、韋應物，《搗練子》「雲鬟亂」闋末句「爲誰和淚倚闌干」或作中行，《後庭花破子》「玉樹後庭前」或作無名氏，《更漏子》「柳絲長」闋或作蘇軾，未經周氏舉出，此外殆無遺漏。所舉互見《松隱文集》之《清平樂》、《玉樓春》二首，爲《彊村叢書》本《松隱樂府》所未載。非與《四庫全書》本《松隱文集》對勘，不易發現。此實爲周氏之創獲。

中華書局

初版責編　劉彦捷